JN173052

ロマンスがお待ちかね

目次

ロマンスがお待ちかね

プロローグ

――たぶんきっと、そうなのだ。

持てる運を全て使い果たしてしまったのだ。

若干上向きになったとはいえ、まだまだ厳しい就職事情の中、大手商社である桜井(さくらい)コーポレーションに入社できたとか。

しかも、数いる新入社員のうち、ほんの数名しか選ばれない本社の配属になってしまったとか。

もちろん、それなりの努力はしてきたから、単なる運だとは思わない。

――だけど。

神様が大盤振る舞いをした幸運のツケを、今、私は払っている。


「明日までにやっておいて」

例によってぞんざいに投げられた仕事は、桜井コーポレーション営業部、新入社員である佐久間(さくま)文月(ふづき)にもどうにかこなせる程度の内容ではあった。が、些(いささ)か量が多すぎた。

そういうわけで、ようやく仕上がったのは終業時刻をかなり回った頃であり、そしてまた、こういうシチュエーションは最近では珍しいことではない。

でも取り敢えず、今日はこれで終わりだ。文月はパソコンからデータを送り、プリンターに向かう。ところが資料を数枚吐き出した後、プリンターは鈍い音とともにシステムエラーを表示した。

「紙詰まりぃ？　何で今、こんなしょっぼいエラーを出すかな」

カートリッジ切れじゃなかっただけ、よかったと思うべき？

ため息を吐いてプリンターを覗き込み、文月は奥に詰まった紙を引っ張り出した。

「文句があるなら、紙詰まらせてないで、全て吐き出してしまえ」

私の送ったデータごとなっ！　と、プリンターに向かって毒づいてみる。

「あれ。また残ってるの？」

そのとき、背後から声を掛けられて、ぴくりと肩が跳ねた。

——はい、残ってますとも、ご覧の通り。

とは、口に出さないけれど。さっきのよりも、もうちょっと小さくて、だけど重いため息が漏れた。

何でこういうときに限って、この男性に見つかってしまうかな。

企画部営業企画課所属の常盤司主任は、透明感のある端整な顔立ちと、すらりとした長身で、女子社員に絶大な人気を誇る人物だ。しかも、二十九歳という若手ながら数々の企画を成功へと導いているやり手である。とはいえ、ギラギラした野心を露わにするのではなく、どちらかといえば、飄々と涼しい顔で結果を出していくタイプだ。

フロアにはまだ、精力的に仕事をこなす人の姿がちらほらと残っているし、その中の誰かに用事があって、営業部まで出向いてきたのだろうけれど。

「――あと少しで終わります」

どうぞお構いなく。文月の背中は、明らかにそういったメッセージを発しているはずなのだが、常盤はまるで無頓着に、ふらりと隣にやってくる。

そして、プリンターのカバーを元に戻しリセットボタンを押す文月に、おっとりとした口調で、だけどひどく冷たいセリフを口にした。

「あのさぁ。ただ頑張ればいいってもんじゃないでしょ？」

張り詰めていた心が、午後九時のオフィスで、ぱちん、と弾ける。

がむしゃらに頑張るよりほかに、今の私に何ができるというの？

――泣くな。

泣くな、泣くな、泣くな、私。

こんなところで、容易く弱みを見せるな。

少し俯き加減で唇を噛む文月の前で、再びプリンターが資料を吐き出し始めた。

この男性の、いつも一歩引いたところから眺めているような雰囲気が苦手。

そのくせ、何もかも見透かしているかのような眼差しが苦手。

それでどうするの？　と突き放したように浮かべる薄い笑みが苦手。

――ところが。

「もう少し、狡(ずる)くなろうか」

くしゃりと頭を撫でられて、文月は驚いて視線を上げた。

常盤は少し首を傾け、どこか捉(とら)えどころのない表情を浮かべて文月を見下ろしている。

「な、なななな、なっ」

何なのーっ!?　両手で頭を押さえて、思わず飛び退(すさ)る。

「そんなに警戒されるなんて、ちょっと心外」

彼は、くすっと笑うと、「じゃあ、早く帰りなよ」と言い残してフロアの奥へと足を向けた。

文月は暫(しばら)く固まったまま、その後ろ姿を見送っていたが、はっと我に返ってプリントアウトされた資料を掴んだ。

言われなくても早く帰りますってば。苦手意識のある常盤と帰りのエレベーターで鉢合わせとか、絶対無理。

大急ぎで後片付けをして、デスクの引き出しに資料を突っ込むと、「お先に失礼します」と誰にともなく声を掛ける。「おう、気を付けて帰れよ」の声に送られて、オフィスから逃げ出し、そのままの勢いで駅に向かった。

仕事なのか飲んだ後なのか、帰宅するサラリーマンで混雑するホームで、文月は先ほどくしゃりと撫でられた頭に触れてみた。到着した電車の風圧で、ショートボブの柔らかなクセ毛が指の間をふわふわと通り抜けていく。

「――変なの」

背後から押されるように車内に乗り込みながら、思わずそう呟いた。

今までだって似たような時間に顔を合わせることがあったけど、常盤が浮かべていたのは、大抵面白がるような表情で——まあ、頑張って、くらいのもの。それなのに、何だって今日はこんな風に踏み込んできたのだろう。

「狡くって何？」

あの表情も、そのセリフも、全くもって謎な男性だ。

そして、やっぱり苦手だ——

1　だって頑張ってるもん

「本当はウチの営業が、日中のこんな時間に社内にいちゃいけないのよ」

文月は、大きな目を縁取る完全自前の睫毛を伏せた。ふっくりした頬と小ぢんまりした口許。二十三歳にしては幼く見られがちな容貌が、営業を名乗るには不利な場合もある。だが、一五二センチの小柄な身体に宿るのは、不屈の闘志だ。少し前までは、自分でもそう信じていたのだけれど——。若鶏の照り焼きを箸でつつきながら、文月は眉間に皺を寄せた。

「じゃあ、何でここにいるのかしら？」

向かいに座った、同期で総務部所属の栗原綾乃が、鮭のムニエルを頬張りながら首を傾げた。さらりとセミロングの黒髪が肩先で揺れる。ノンフレームの眼鏡の向こうから文月に理知的な眼差(まなざ)しが向けられた。

社員食堂はかなり混み合っているが、ほとんど内勤組である。

「わかっているくせに」

文月は、鶏肉にがぶりと齧(かじ)りついた。

「あんたが鈍臭(どんくさ)くて、また逃げ損ねたってこと？」

「鈍臭くとか言うな」

「営業ってもっと〝機を見るに敏(びん)〟って感じじゃないといけないんじゃない？」

綾乃が皮肉っぽく口角を片方上げて、クールに突っ込む。

「そこは優しく、〝頑張れ文月〟って言ってあげるところかな」

突然背後から割り込んできた声に、文月はうぐっと喉を詰まらせた。

「ああ、ごめんごめん」と詫(わ)びつつも、その声の主は全く悪びれた様子もなく、ごく自然に文月の背中をとんとん、と叩く。綾乃が差し出してくれた水を慌てて流し込み、文月は涙目のまま首を巡らせた。

「足止めをくらっちゃった？」

そう言って首を傾げているのは、食べ終わったトレーを抱えた常盤だ。昨日のセリフといい、この男性(ひと)は文月の事情をどれくらい知っているのだろう。

「ええ、まあ」

曖昧に頷きながら、文月は顔を強張らせた。

経験もノウハウもない営業の新人は、自分なりのやり方を見つけ出すまで、足で稼ぐしかない。

それなのに、文月がしていることといえば——

　文月の表情をじっと見つめ、常盤は言った。

「何てことないって顔、してようか」

「はいっ？」

「この二か月、そうやって貫いてきたんでしょ？　だったら、今更ここでへたらない。今までと同じように、何てことないって風に振る舞おうか」

　常盤は薄らと笑みを浮かべて言葉を重ねる。

「皆、そんなに無関心じゃないし、馬鹿でもないよ。何が起きているかくらい、ちゃんとわかっている」

　文月は目を瞬かせた。

「当たり前でしょ？　新入社員が放置されていたり、連日遅くまで残業しているんだよ。しかも、仕事量をコントロールしているはずの指導係の姿はそこにない」

　そうでしょ？　というように、常盤は首を傾ける。

「ベクトルは間違っている気がするけど、まあ、せっかくここまで意地を張ったんだし、最後まで頑張ってその意地を通してごらん」

　言いたいことを言ってしまうと、常盤はまたふいっと離れていった。

その後ろ姿を見送りながら、綾乃が皮肉っぽく口にする。

「ベクトル、どっち向いてるって？」

「……さあ。何か間違った方向？」

相変わらず、よくわからない男性だ。

「ところであんた、いつの間に常盤さんと親しくなったの？」

「親しくなんかなってないし」

ほぉう？ というように、綾乃が片眉を跳ね上げた。ランチプレートを睨みつけながら、文月は唸る。

「ベクトルとか、〝頑張って意地を通せ〟とか、〝ただ頑張ればいいってもんじゃない〟とか、よくわからないよ」

「何の話？」

「……そうよ、私、頑張ってるもん。だって、頑張るしかないじゃないの」

「は？」

「それなのに、〝ただ頑張ればいいってもんじゃない〟って、じゃあ、どうすればいいってのよ。〝もっと狡く〟って意味不明だしっ」

文月は、グサッと鶏肉に箸を突き刺した。

「……あんたの話がそもそも意味不明」

肩を竦める綾乃に、文月はゆっくりと視線を合わせた。

「昨夜、常盤さんに言われたの」

綾乃が、呆れたような表情を浮かべる。

「何でまたあんたは、ああいう面倒くさそうな人を引っ掛けちゃうのかしらね。野崎女史といい常盤さんといい」

「どっちも私が引っ掛けたわけじゃないし——って、常盤さんも面倒くさい人カテなの？」

文月が首を傾げると、綾乃が学校の先生よろしく、ぴ、と指を差す。

「はい文月クン、企画部営業企画課常盤主任について述べてみよ」

うーん、と文月は眉間に皺を寄せる。

緩やかにウエーブした色素の薄い髪。アーモンド型の目にすっと通った鼻筋。薄らと弧を描く唇。背も高いし、モテる男性社員筆頭ではあるけれど。

「見た目も語りも態度もソフトな印象ながら、その実かなりシビアなやり手と言われている、かな」

個人的には、あの掴みどころのない雰囲気が苦手。

「つまりだな。周囲に与えている印象と実際の在りように隔たりあり、ということよ。これ即ち、胡散くさいと言わずして何と言う」

「面倒くさい通り越して胡散くさいって」

「腹に一物あるタイプってことね」

あは、と引き攣った笑い声を上げながら、文月は思う。

常盤についてはともかく、問題は女史だ――

何故文月がひとり、日中社内に足止めされていたり、度々遅くまで残業しているかといえば。

それはひとえに、指導係でもある先輩社員、女史こと野崎有香から回される雑務のために他ならない。

今日にしてもそうだ。

朝、慌ただしく営業用の資料を鞄に詰め込む文月に、野崎が声を掛けてきた。

「佐久間さん、外回り？」

「はい」

「アポは入っているの？」

野崎は壁に掛かっている、各課営業部員の名前が入ったスケジュールボードに目をやりながら、文月に尋ねる。

「飛び込みです。交渉先を少しでも増やしておきたいと――」

「じゃあ」

ばさり、とクリップで留められた資料が文月のデスクに投げ出された。

「これ、午後私が帰社するまでにプレゼン用にまとめておいて」

「っでも」

「資料をプレゼン用に見映えよく作り上げるのも、大事なスキルよ。帰ったらチェックしてあげるから」

そう、例えばデータの入力。あるいは資料の作成。もしくは情報の収集。共通業務のこともあるが、今日のように野崎の個人業務がさらりと渡されることも少なくない。それらは決して難しくないが、物理的に手間の掛かるものばかりだ。

まだ慣れないから手際よくこなすことができない、ということも確かにある。しかし、それを指示されるのがいつも締切の間際であったり、文月の他の仕事と重なるタイミングであったりで、そこに某（なにがし）かの意図が存在することを感じてしまう。

——某かの意図。

あまりにもあからさま過ぎて、気付かないふりなどできない。

＊＊＊

文月が営業三課に配属された初日、指導担当であるチューターとして紹介された野崎は、モデルのようにすらりとした身体をダークグレーのスーツに包んだ、いかにもやり手の営業といった風情だった。彼女は、華やかに巻かれた髪をサラリと肩から払い、文月に向かって皮肉っぽくこう尋ねたのだ。

「本社に何か伝手（つて）があったの？　私は地方で何年も必死に頑張って、ようやく本社の席を掴んだのよ」

尤（もっと）もそのとき、文月はその言葉に含まれるものをきちんと理解してはおらず、にっこり笑ってこう返したのだ。

「せっかく頂いたチャンスなので、頑張ります」

二週間ほどだろうか、野崎はおざなりに文月を営業活動に同行させた。

桜井コーポレーションは、食品、日用品を主に取り扱う大手の商社である。この会社における営業の仕事は、平たく言えば、何か売れそうなものを見つけ、それを取り扱ってくれそうなところを見つける、といったものだ。しかし野崎は、何故その企業のその商品に目を付けたのかといった具体的な話や、どうやってアプローチし契約に結び付けるのかといった、肝心な手の内を明かすことはなかった。新入社員を一人前の営業に育てようという意志はそこになく、ただ仕方なく連れ歩くだけ――そんな気配を隠しもしなかった。そしてある日、一通りのプロセスを見せ終わったとでもいうように、あっさりこう言ってのけたのだ。

「もうひとりで大丈夫よね？」

もちろん、大丈夫なはずなどなかった。とはいえ、それまでの素っ気ない態度からして、野崎に何かを期待するのは無駄だと理解していた文月は、素直に頷いた。

「頑張ります」

野崎が教えてくれないのならば、他の誰かに教えを乞えばいいだけのことではないか？

この程度の扱いで、途方に暮れるような文月ではない。ともすれば幼くも見える外見から誤解を受けやすいが、熱意ならば誰にも負けないのである。ひとり颯爽と出掛ける野崎を見送ってから、文月は上司である都築課長のもとへ向かった。

「色々な方のノウハウを学びたいので、野崎さん以外の方に同行させていただいてもよろしいでしょうか」

それから暫くは、何人かの先輩営業マンに同行し、彼らの営業ノウハウを間近に見る機会に恵まれた。そして、『営業スタイル』には定型があるわけではなく、個々人が模索しながら己のスタイルを確立していくものなのだ、と実感する。

しかし、これもまたある日突然、野崎からのひとことで中断を余儀なくされた。

「私があなたを蔑ろにしているかのような行動をとらないでくれる？」

「蔑ろ、ですか？」

「指導係の私が、まるであなたを放置しているみたいじゃない」

いや、まんま、その通りなのでは？　という表情が、迂闊にも文月の顔に過った——かもしれない。

野崎は吐き捨てるようにこう付け加えた。

「男を漁りに来てるんじゃないんだから」

……確かに、同行をしていたのは男性営業であるけれど。

「媚びてるんじゃないわよ」

学生時代から今に至るまで、文月はこれほど露骨な害意に直接晒されたことがなかった。それ故、真っ直ぐにそれと向かい合うことしかできなかった。媚びている、と言われてまで、誰かに頼るわけにはいかない。

翌日から、文月は本当の意味で営業としてひとり立ちした。これがひと月ほど前の状況だ。

根拠のない悪意に負けたくない。だから文月は、がむしゃらに、胸を張って、顎を上げて、前を向く。

そして――何のテクニックもない、そんな熱意が通じることもある。

思いがけず、契約をひとつ取り付けたのが、二週間前のこと。

「よくやった！」

課長や、営業先に同行させてくれた先輩社員たちは、小柄な文月の頭をぽんぽんと叩き、ふわふわな髪をくしゃくしゃにして褒めてくれた。だが、野崎との関係が更にこじれてしまったのは、文月が掴んだこのビギナーズラックのせいである。日々の営業活動に差し支えるほど、文月に回される雑務は増やされた。文月にできるのは、野崎との直接の接触を減らして、雑務の回ってくるタイミングをずらすことぐらいだ。日中、外回りに使う時間を拘束されることは避けたい。たとえ昨夜のように、遅くまで残業することになったとしても。

――そう、文月は頑張っている。どうにか、この状況を抜け出そうともがいている。今日のように、上手くいかないことがあったとしても。そして、同期の友人も、今日に至っては常盤までも、頑張れと言う。

でも――

頑張っても頑張っても、その先に立ち塞がる野崎に、少し心が軋んでいる。

＊　＊　＊

「まあ、ともかく！」

文月を元気づけるように、綾乃は快活に言った。

「慰めになるかわからないけど、あんたは、正しく女史の急所を突いたの。当たりが厳しくなったのはそのせいよ」

「急所？」

「そう。女史の妨害にもかかわらず、新人としては異例の早さで契約を取った」

「ビギナーズラックってヤツだよ」

「であってもよ。これ以上ないほどの見事な反撃だったと思う」

綾乃は皮肉っぽく口許を歪める。

「あんたのこと舐めてたのよ、女史は。このまま潰せるとでも思ってたんじゃない？　ところが思いの外あんたは手強かった。だからこそ意地になっている。周囲が気付くくらいにね。本来あの手のタイプは自己評価を気にして、もっと陰湿で卑怯な手段を使うはずなのに」

味噌汁をずずっと啜り、綾乃は続けた。

「女史は、あんたの足を引っ張りながら、自分の首を絞めているの」

それから、身を乗り出してにっこり笑い、常盤のセリフをなぞるように口にする。

「頑張れ、文月。この状況を切り抜けなきゃいけない当事者はあんただけど、あんたはひとりきりってわけじゃない。常盤さんも言っていたじゃないの。皆、わかってるって。だったら」

綾乃は、ぴん、と指先で文月の額を弾いた。

「もっと周りを巻き込みなさいよ。女史に一対一の関係に持ち込ませなさんな」

「……うん」

文月は頷いて、へへ、と笑った。先ほどまでの追い詰められたような気分は、綾乃の冷静な分析と励ましで、何となく楽になった気がする。というのに。

「そういえば、常盤さんは営業フロアによく出入りしてるの？」

ぅ。またその話題に戻るんですか。

「まあ、それなりに。提案書携えて、ふらりと現れるみたいな」

そもそも営業企画課は、言葉の通り営業部と縁が深い。営業が契約した商品をより効果的に売り出すための企画を立案したり、逆にこういった商品を取り扱ってはどうかと営業に提案したりするのが仕事だ。そして営業企画課きってのやり手と言われる常盤は、当然営業フロアの顔馴染みだ。

フロアの喧騒の中を、あの捉えどころのない笑みを浮かべて優雅に横切る姿が思い浮かぶ。

「ふぅん。それだけ？」

「それだけって？」

「いや、常盤さんに対して、やけに文月の腰が引けているような気がして」

そ、そうかな？　と文月は空っとぼけた。

「腹に一物ありそうって言ってたのは、綾乃だよ」

「そうだけど。一般的には超人気物件であることも、事実よ」

実際のところ、似たような雰囲気の人物を、文月は身近に知っていた。その人物にまつわる経験から、あれは絶対見た目通りの男性ではない、と思っている。そしてまた、常盤のちょっとした表情に、言葉に、文月はそれを確信してしまうのだ。だから、できればお近付きになりたくない、というか――

そのとき、文月の物思いを遮るように、再び声が掛けられた。

「ちゃんと食ってるか、文月」

綾乃の隣にトレーを置き、どさっと腰を掛けたのは、もうひとりの同期で営業一課の原田翔だ。外回りから帰って来たのだろう。

「「お疲れ」」

「おう、お疲れ」

翔は早速ご飯に箸を付けながら、文月のまだ少しヘコんだ様子と、食べかけのランチプレートを見比べた。朝のやり取りは、当然目にしていたはずだ。

「まずはしっかり腹ごしらえしろ。俺の先輩の受け売りだが、空腹だと思考がネガティブになるんだそうだ」

「何だそれ」

綾乃が笑う。

「腹がいっぱいになると、どうにもなりそうにないこともどうにかできそうな気がしてくるんだと。そういう気持ちになるのが大事なんだとさ。俺もよく〝まずは腹ごしらえしようか〟って言われる」

ほら、俺ってナイーブだから、数字が出なくてヘコんだりするだろう？　と原田はニヤリと笑う。

「食え、文月」

彼のセリフに、食べかけのランチプレートを見下ろして、文月はふう、と強く息を吐く。

――今のはため息じゃない。

自分を鼓舞（こぶ）するためのもの。そう、常盤が言っていた通り、今までだって何でもない風を装（よそお）ってこられた。これからだって、それができないはずがない。何でもないふりをしているうちに、本当に何でもなくなるときがきっと、くる。何でもないことにできる日が、きっとくるはずだ――たぶん。

再び箸を動かし始めた文月の前に、綾乃がポーチから取り出した苺（いちご）キャンディーを一粒置いて微笑んだ。

「食後のキャンディーで、効果倍増」

ふふ、と文月も綾乃に微笑んで見せた。

＊　＊　＊

そんなことがあった翌日のことである。

野崎をどうにか躱して外回りに出た文月は、いくつかの名刺を手に帰社した。門前払いも当たり前の飛び込み営業では、それなりの成果だ。さて、これらはどうにかビジネスになるだろうか。そんなことを考えながらエントランスを抜け、閉まりかけたエレベーターに急ぐ。が、それに飛び乗ろうとして、文月はかろうじて踏み止まった。扉の向こうにちらりと見えた人物は——

一旦閉まった扉が、音もなく開く。うう、やっぱり。

「どうぞ」

そう言って、薄らと笑みを浮かべているのは常盤だ。スーツの上着を腕に掛け、重そうなビジネスバッグを提げている。ということは、外回りだったのだろうけれど。何だ、この遭遇率の高さは。

「すみません」

文月はぎこちなくそう言って乗り込み、常盤の斜め後ろに立った。何ともいえない沈黙が、二人きりのエレベーター内に流れる。

昨日のお礼とか、言った方がいいよね。あれはたぶん、励ましてくれたのだし。

「……あの」

「今日は、外回りに出られたんだ」

意を決して切り出そうとしたセリフは、宙に浮いた。

「え？　ああ、はい。そうそう同じ手はくらいません」

文月が真面目な顔で頷くと、微かに振り向いた常盤が、くす、と笑った。

「調子、出たみたいだね」

「へ？」

「佐久間さんはそうでないと」

そうでないと、とは、どうでないと？　いやいや、そうじゃなくて。

「えっと、昨日はありがとうございました。ああやって言っていただいて、通す意地のベクトルが間違っていたかもしれないと冷静になれました」

「うん」

どうにかしてこの状況を抜け出そうとするあまり、この状況を作り出している野崎に囚われすぎていたのかもしれない。

「頭のいい女性は好きだよ」

ちん、と鳴ってドアが開く。

「はいっ!?」

顔を引き攣らせて固まった文月に、扉を押さえた常盤が「降りないの？」と首を傾ける。

降ります、降りますともっ！

ほんっと、よくわからない男性だ。尤も、自分も些細な言葉に過剰反応しすぎなのだろうけど。

文月は慌てて常盤の横をすり抜け、エレベーターを後にした。ところが、どういうわけか常盤も一緒に降りてきて、並んで歩き出す。因みに、企画のフロアは一つ上だ。

そのすらりとした容姿と柔らかな物腰から、一部では『企画の騎士様』などともてはやされている常盤である。そんな人物と肩を並べているところを見られたら、営業部だけでは物足りずに、企画部にまで手を出したとか言われそう。

少し眉を寄せ、難しい顔をしている文月に気付いて、常盤が可笑(おか)しそうに口にした。

「そういえば佐久間さんは、男をたぶらかして営業成績を上げているんだっけ」

野崎の『媚(こ)びてるんじゃないわよ』発言からこちら、文月が男性社員に頼って営業活動をしているという噂が流れている。その発信源を考えるのもウンザリだった。綾乃の言うところの陰湿で卑怯(ひきょう)な手段も、実は既に行使されているのだ。

例の契約にしてみても、誰かからおこぼれをもらったのではないか、そのために何かよからぬやり取りがあったのではないか、などと、わざわざ文月の耳に入るように口にされることもある。

よからぬって、どんなよからぬなのか、是非、直接説明していただきたい！　そしてまた、あなたたちの勤める会社を支える営業は、そんなにちょろい人たちなんですか！　と声を大にして訴えたい。

「私なんかにたぶらかされるような男性が、本社で営業張ってられるかって思いますけど」

そうやって文月が肩を怒らせると、のほほんと常盤が言った。

「僕はたぶらかされちゃったかな。営業じゃないけど」

何ですと!?

「でも安心して。仕事に私情は挟まないから」

常盤はふっふと笑うと、ぴた、と固まった文月をその場に残し歩き続ける。

その冗談、全っ然、笑えませんからっ！

「というわけで、これから持ち込む企画、佐久間さんも一緒にやってみない？」

常盤は肩越しにそう告げると、文月の返事を待つでもなく、そのまま営業フロアへと向かった。

文法的には意向を尋ねている風だけど、あれは参加確定ということのような気がする。

――神様、これは一体何の試練でしょう。

女史だけで手いっぱいだというのに、あんな訳のわからない男性の相手まで、とか。

だけど、と文月はビジネスバッグを握りなおして、再び足を踏み出す。

企画のプロジェクトに参加させてもらえるなんて、滅多にないチャンスだ。どんより落ちかけた気分を無理矢理浮上させ、文月は常盤の後を追った。

＊　＊　＊

「さて。じゃあ、始めましょうか」

テーブルの向こうの常盤がにっこり微笑んで、傍(かたわ)らの紙袋から何やら取り出した。

文月は営業三課の先輩社員、曽根(そね)と並んで会議室のテーブルに着いている。

あの後デスクに戻ってみると、案の定、野崎から回された仕事が置かれていた。が、それらは量は多くても緊急性のないもの、ということは周知の事実。「そんなもん後でいいから、この企画書三部コピーして会議室へ持っていけ」という都築課長のひと声で捨て置かれることになった。『そんなもん』と一蹴されるような仕事に振り回されているという事実に、文月がささくれた気分になったのは、まあ、どうでもいい話だ。

「ウチに持ち込まれたのは、これです」

「ステンレスマグ？　いや、卓上ポットか？」

さっと眺めた曽根が眉間に皺を寄せる。今更？　という思いが口調に滲む。文月は身を乗り出して眺め、首を傾げた。

「……ソープディスペンサーじゃありませんか？」

「その通り。佐久間さん、よくわかったね」

「輸入家具を扱うお店で、似たようなものを見たことがあります」

ステンレスの容器は、ぱっと見確かに卓上ポットに近い安定感のある形状だが、持ち手はなく、もう少し小ぶりでスタイリッシュな雰囲気だ。

「佐久間さんの言う通り、液体石鹸を入れるボトルです。よく目にするのはプッシュポンプタイプですが、これはセンサーで適量が自動的に出ます。企画書を見てもらえますか」

常盤がその仕様と特長を説明し始めた。曽根は時々質問したり確認したりしながら、それに耳を傾けている。

「現状、主な購入層は、二、三十代の独身男女。この層をもっと広げたい、という先方の意向です。そのための仕様変更等もある程度は可能とのことなので、ターゲットと、販売方法、仕様の再検討をしてみたいと思います」

ソープディスペンサーを手に取って、曽根が、ふぅむと唸る。

「ばっちり購入層に被っているが、チラとも目にしたことがないのは何故だ」

「あ、〝お洒落な〟っていう形容詞が抜けていました、すみません」

常盤がしれっと言う。三十代前半の曽根は、女性関係に若干の難アリ、と言われつつも、自他ともに認めるヤリ手営業マンである。その先輩社員に対して、この言動って……。常盤という人は本当にわからない、と文月は思う。しかし当の曽根は、常盤のそんな物言いを不快には思っていないようで、苦笑して「そうかよっ！」と吠えると、手元の品の吟味に戻っていった。

「センサーってことは、触れないで済むから衛生的なわけだな。で、ユニバーサルデザインと言えなくもない、と。病院に持ち込むか？　だが、このサイズじゃ日常使いには不足か」

「病院の規模と、誰を対象とするかによるんじゃありませんか？　個人病院で、患者用のトイレだったらいけそうな気がします」

文月は隣から覗き込んだ。容量は……と曽根が企画書に書かれた仕様を確認し、素早くネットをチェックした文月が液体石鹸の詰め替え用とほぼ同じ容量ですね、と告げる。

「うーん、ちょっと小さいですよね。もう少し余裕がないと、入りきらなくて余った分の扱いに困りそう。今、お徳用増量タイプとかもあるし……。業務用を考えるならばもっと大きくてもいいんでしょうけど、置き場所の確保を考えれば、ただ大きくすればいいというわけにもいかないってことですかね。一般的な洗面台のシンク横のサイズとか調べないといけないですね」

文月は曽根からソープディスペンサーを受け取り、細かく観察する。

「適量っていうけど、一回に出てくる量ってどれくらいなんでしょう？　フル充填で何回分くらい出てきますかね。仕様には書いてないですけど……石鹸の粘度にもよるんでしょうか」

ぶつぶつ呟きながら気になることをメモ書きし、企画書に書かれている仕様をチェックしていく。

「キッチンにも置けますよね。食器用の洗剤にも対応できるんで……しょう、か？」

目を上げると、常盤と曽根が面白そうにこちらを眺めている。

「どう、常盤クン。営業三課の期待の新人は、この間の契約をビギナーズラックだと謙遜するけど、なかなかどうして、だろ？」

「まあ、そうでなきゃ、本社配属にはならないでしょうしね」

文月は真っ赤になって口籠った。

「す、すみません……。私、夢中になっちゃうと周りが見えなくなってしまうところがありまして……」

「それで？」

笑っているけれど、文月を試すような光をその目に宿して常盤が首を傾けている。

「それで、佐久間さんは、どうしたらいいと思う？」

ちらり、と曽根を見ると、言ってごらんというように頷いた。

「あの。まずはいくつか液体石鹸の詰め替えを用意して、実際に適量がどれほどの量で、一袋で何回分になるのか実験したいです。センサーの感度も確認してみないと」

「そうだね。じゃあ、それ、やってみよう」

常盤がメモしながら頷いた。

「子供向けにはどう思う？　例えば幼稚園とか」

曽根の問いに、文月は即答した。

「無理だと思います」

「何で？」

「あのアワアワが出るプッシュポンプタイプでも大変なことになるからですよ。何プッシュもして山盛りにしたりして。綺麗にするという目的は、簡単に遊びにシフトしちゃうんですから。自動で出るとかいったら、絶対面白がって何度も繰り返して、あっという間に空っぽだと思います」

「やけに実感籠ってないか？」

「……私のアロマハンドソープが、従姉の息子の被害に遭いました。シンクの中、ベルガモットのいい香りのする泡で山盛りでしたよ」

文月が目頭を押さえるマネをすると、それはご愁傷様、と曽根が笑った。

「仕様の検討は取り敢えず置いといて、まずは販路を考えようか。個人病院関係はありだね。介護施設もどうかな。その他に開拓するとしたら、どこかある？」

常盤がメモを取りながら呟く。

「独身じゃないところ、ですかね？　結婚情報誌に取り上げてもらって、新婚夫婦の新居に使ってもらうとか」

文月がそれに答えると、曽根も続けた。

「新築マンションのモデルルームや住宅展示場に販促で置いてもらうのもいいかもしれない。購入想定層の認知度を上げるのが手っ取り早いだろう。お洒落に暮らしたい、まだ子供のいない夫婦だったら、興味を持つんじゃないか？」

そのとき、トントントン、と会議室のドアが叩かれた。

「どうぞ」

常盤が声を掛けるとドアが開き、固い表情の野崎が顔を覗かせる。

「会議中失礼します。佐久間さんをちょっとお借りしていいですか？」

常盤にそう断ると、文月を視線で呼び寄せた。野崎はドアを片手で押し開いたまま文月を会議室の外に出し、自分は常盤たちに背を向ける位置に立つ。そして顔を歪めながらも、声を潜めて文月を詰った。

「デスクに置いてあった仕事は、片付いているの？　企画のプロジェクトに潜り込もうだなんて、何考えてるのよ」

文月は、野崎から自分を守るように身体の前でぐっと手を組む。

……どうにかできる、そう思うのが大事。

怒りを露わにする野崎の向こうに、捉えどころのない表情を浮かべてこちらを眺めている常盤が見えた。で、どうするの？　と問いかけるような。あるいは、面白がっているかのような。

――そうだ。

どうにかするために、頑張るのだ。ただ頑張っているわけじゃあ、ない。

文月は常盤から視線を外し、野崎の目を真っ直ぐに見上げた。

「野崎さんから渡された仕事は、まだ手を付けていません。こちらのプロジェクトの参加を優先するよう、都築課長に指示されました」

声を潜めるでもなく、きっぱりとそう告げる。野崎が、ぴくりと口許を震わせた。

「何ー？　何か急ぎの案件？」

常盤がおっとりとした声で問う。表情を抑えて、野崎は会議室の方へ身体を向けた。

「いえ、そういうわけでは。ただ、私が指示しておいた仕事をまだ終えていないようでしたので、その確認です」

「特に急ぎでもない仕事の件で、わざわざ、ね」

そう言って肩を竦めると、常盤は身を乗り出して野崎の陰になっている文月に尋ねた。

「佐久間さん、野崎さんに渡された仕事、まだ残ってるの？」

そんなの先刻承知のくせに、と思いつつ、文月は頷く。

「はい」

すると、常盤は野崎に向かってにっこりと微笑んだ。目が笑ってない――と気付いたのは文月だけではない。曽根が、あーあ、とでもいうような顔をして常盤からすっと目を逸らせた。

「野崎さん、この後の予定は？」

常盤の問い掛けに、企画のプロジェクトへの誘いかと思ったようだ。野崎がぱっと表情を輝かせる。文月を呼びつけてドアを開けたままやり取りしていたのは、もちろん文月の代わりに自分が、というつもりがあったからに違いなかった。

「特には」

「空いているってこと？」

「はい」

「じゃあ――」

常盤は邪気のない笑みを浮かべた。

「何で野崎さんがその仕事をやらないの？」

「――っえ？」

「時間があるんでしょ？　佐久間さんは今、こっちを優先させるように言われて、ここに拘束されている。元々野崎さんが彼女に渡した仕事なら、自分でやったら？」

文月の前で、野崎の背中が強張った。

「どうする？　何か彼女に預けていて必要な書類とかあるなら、佐久間さんを行かせるけど」

「――いいえ、大丈夫です」

「そう？　じゃあ、佐久間さんは席に戻って。さっさと進めよう」

常盤は実にあっさりと、野崎の存在をこの場から締め出した。文月は背中に刺すような視線を感じながら席に戻る。そして「失礼しました」という声とともに、会議室のドアが些か乱暴に閉められた。

「えげつねーよ、騎士様よ」

まだ緊張感の漂う室内に、曽根の呟きが響く。常盤は「それはどうも」と、優雅に頭を傾げてみせた。たぶん、文月を助けてくれたのだろうとは、思う。でも。

——やっぱり、この男性、苦手かもしれない。

2　反撃の時間です

その後一時間ほどかけて課題を洗い出し、次回の日程を調整して会議はお開きとなった。曽根が次のアポが入っているからと慌ただしく部屋を後にすると、残された二人の間にぎこちない沈黙が漂う——と感じているのは、恐らく、文月ひとりなのだけれど。常盤はといえば、淡々とファイルや資料を片付けている。

——あのとき。

野崎の向こうに見えた常盤は、傍観者を気取るのだろうと思っていたのに。声を荒らげることも、いつもの柔らかな雰囲気を崩すこともなく放たれたのは、実に辛辣な言葉であった。曽根をして「えげつねー」と言わしめたそれを思い起こして、文月は少し遠い目をする。野崎からまた厄介な恨みを買ってしまったのは、間違いないだろう。

こっそりとため息を吐いた文月に、常盤がおっとりと口を開いた。

「——自分の意思を第三者の言葉で主張したのは、なかなかよかったと思うよ」

「——はい？」

突然言われて、文月はその意味を汲み取るのに時間がかかった。

「〝都築課長に指示されました〟ってね」

文月が、ああ、という表情を浮かべると、常盤は続けた。

「野崎さんとは、感情的な意味でも実際的な意味でも、一対一にならない方がいいかな」

「……同じことを、栗原さんからも言われました。もっと周りを巻き込めって。でもそんなの——」

「無理？　そうかなぁ？　さっきと同じやり方でいいんだよ。第三者の立場や客観的な事実を利用する」

常盤は薄らと笑みを湛えて、文月の目を覗き込んだ。

「要求されたことを、要求された以上に果たしたとしても、野崎さんは満足しないよ。彼女が望んでいるのはそういうことじゃないから。佐久間さんも、もうわかっているでしょ？　だったら、戦い方を変えないと」

「戦い方……」

「君はベクトルを真っ直ぐ野崎さんに向けていた。でも、そのベクトルが間違っていたと気付いた。そうだよね」

「……そう、ですけど」

「ただ頑張ればいいってもんじゃないんだよ」

先日と同じセリフを耳にして、文月は唇を噛み締める。じゃあ、どうしろと？

「君は、君のために頑張らないと」

さらりと続けられた言葉に不意を突かれて、目を見開く。

文月は頑張っていた。頑張って、頑張って――でも、誰のために？　そんなことがわからなくなるくらいに、追い詰められてもいた。

そう、自分のために、なのだ。決して、野崎に認めてもらうため、ではなく。だから、立ち塞がる野崎にはもっと賢く立ち回れ、と。常盤のセリフが今、やっと腑に落ちる。

「じゃあ、会議室の後始末よろしくね」

荷物をひょいと片手で抱えて立ち上がると、常盤は考え込む文月の頭をぽんぽん、と叩いてドアに向かった。

「……はい」

頭に手をやってうわの空で返事をした文月は、はっと我に返って立ち上がった。ガタン、と椅子が鳴る。

「あのっ！」

振り向いた常盤に、文月は、ぺこり、と頭を下げた。

「ありがとうございましたっ！」

常盤は「どういたしまして」とでもいうように、軽く片手をあげ、今度は温度を感じさせる柔らかな笑みを残して去って行った。

文月は、ホワイトボードを消し、椅子を整え、パチンと電気を切り――ふぅ、と前髪を吹きあげる。

──そうだ。私は、私のために頑張ろう。今度こそ本格的に気分が上がってきた。

資料をまとめて抱えると、文月は足取りも軽く会議室を後にした。

＊＊＊

思わず口を出してしまった。

司の視線の先、自分を守るように身体の前で組んだ彼女の手は、微かに震えているように見えたのだ。

自分が介入することで、彼女への怒りがより強まるかもしれないとわかっていたのに、らしくもない。営業フロアを横切りながら、司は自分に対する苛立ちから小さくため息を吐く。が、視界の端にこちらを窺う野崎の姿を捉え、すっと表情を消した。

自分が、割とおっとりとした感情の起伏が少ないタイプと見られていることを、司は自覚している。だがそれは、あくまでも相手が勝手に抱く印象であって、実際の司自身がそうであるというわけではない。ややもすれば辛辣な思考を口許に浮かべる笑みで、ともすれば容赦のないやり口を柔らかな物腰で隠しているに過ぎない。

ある程度接点のある者は、司のそういった部分をよく心得ていて、にっこり笑いながら敵を斬って捨てる様を『騎士様』と揶揄したりする──決して姫君を守る『騎士様』という意味ではなく。

先ほどの曽根のセリフも、その辺りを踏まえてのものだったのだが……

今回に限っては、と司は思う。少しばかり自分におけるニュアンスが違う。

本来の騎士の役目を果たしたくなった、と言ったら、曽根は笑うだろうか。

とはいえ、彼女は自分で戦う女性だ。決して守られるばかりではない。震えながらも、あんな風に愚直に対峙（たいじ）しようとする覚悟を見ればわかるように。

——だが。

会議室で最後に目にした佐久間文月の、何かを吹っ切ったような笑みを思い浮かべる。

最近めっきり目にしなくなったが——そう、彼女はああでなければ。

野崎の視線を背中に感じながら、司は口許を緩めた。

＊　＊　＊

企画会議でのやり取りの後、野崎との間は微妙な緊張感を孕（はら）みながらも何事もなく過ぎていた。

表面上は何も変わらぬままだ。自分の仕事とともに、野崎から回される共通業務を文月は黙々とこなす。

そんなある日の夕刻。パソコンに向かう文月のデスクの上に、クリアファイルがひとつ放り出された。

「明日の一時までにこれ、プレゼン用に仕上げておいて」

そして今までと同様に、文月の返事を待つことなく野崎はひとつ向こうの席に戻って行く。まるで、当然のように。クリアファイルの中身にさっと目を通した文月は、それを持つ手にぐっと力を入れた。

――君は、君のために頑張らないと。

常盤の言葉が、甦る。今までであれば、何も言わずに引き受けた。だけど。

「野崎さん。これは、お引き受けできません」

文月は立ち上がり、クリアファイルを差し出した。野崎は振り返って目を細める。

「――できない？」

そう言うと、カツカツとヒールの音を響かせて、文月の目の前に立った。

夕刻のざわめくフロアであるが、周囲の耳目が集まっているのがわかる。綾乃のアドバイスは確か、巻き込め、だったか。

「はい」

文月は、はっきりと答えた。

「何故だか聞いても？」

「明日の午前中はアポが入っていますし、その準備で今は手一杯です。それに」

そして、客観的な事実で主張する。

「これは、野崎さんの個人的なプレゼン用資料です」

それを丸投げすることは、決して当然のことではない。他の営業は誰ひとりとして、文月にそんなことを求めはしない。しかし、野崎は肩を竦めた。

「私は忙しいの。今日持ち帰った案件を調べないといけないし、明日のアポの準備もある。時間がある人が手伝ってくれてもいいでしょう？」

「ですから……」

文月も暇なわけではない、と続けようとする言葉を、野崎は無遠慮に遮(さえぎ)った。

「会社にとっては、あなたの仕事よりも私の仕事の方が重要なのよ。契約成立の金額が違うんだから」

「金額の多寡(たか)を言えばそうかもしれません。それでもこれは、私にとって重要な仕事なんです」

「わからない人ね。こっちを優先しろって言ってるのよ」

咳払いとともに、低い声が割って入った。

「いい加減にしろ、野崎。佐久間は、君の都合のいい部下でも秘書でもない」

思いの外(ほか)大きな声でのやり取りになっていたことに、野崎は今更ながら気付いたようだ。都築課長の声に顔を赤らめて口をつぐんだ。

「佐久間は営業として独り立ちしている。ひと月も前に彼女をそうさせたのは、君だろう？　都合のいい使い方がいつまでもできると思うな」

「都合のいいなんて、そんなことは」

「だったら、自分の仕事は自分でやることだ。佐久間の労力を当てにするな」

「――でも、須藤(すどう)さんは原田君に仕事を依頼してます」

同じチューターとしての立場だった一課の営業を引き合いに出し、野崎は引こうとしない。腕を組み、椅子の背に身体を預けていた都築は失笑した。

「それを君が言うのか？　須藤はＯＪＴの一環として、原田と一緒にその仕事をしているんだろう？」

「だったら、佐久間さんも」

文月の手にあるクリアファイルを指さして、都築は尋ねた。

「君はチューターとして、それに佐久間を関わらせているのか？」

「――いいえ」

「実務を通して、計画的、継続的に指導するのがＯＪＴだ。何か教えようという意図があっての仕事の割り振りなら構わない。だが、独り立ちした営業に、個人的な仕事を押し付けるなんてことが許されると思うな」

野崎は都築の叱責に顔を強張らせる。

「今後、佐久間に仕事を振るときには俺を通せ」

更なる念押しに「了解しました」と低い声で呟くと、野崎は文月の手からクリアファイルをすっと抜き取り、席へと戻って行った。

「佐久間も、さっさと自分の仕事に戻れ」

都築の声に、慌てて「はい」と答えると、文月は椅子にすとんと腰を下ろす。小さく細い息が思わず漏れた。まだ心臓はバクバクいっている。これで野崎に関する全てが解決するとは思わない。それでも、今までと同じことが繰り返されることはもうないはずだ。

ふと視線を感じて顔を上げると、フロアの向こうに佇み、こちらを眺める常盤の姿が目に入った。鼓動が一拍、跳ねる。もしかしなくても、見られていたのだろうか。

ここからでは、どんな表情を浮かべているのかわからないけれど——本当に神出鬼没な人だ。

ピリピリとした空気を周囲にまき散らしつつ残業していた野崎だが、午後七時になると「お先に」と言い捨てて帰って行った。

おおーい、ちょっと待った！　忙しいんじゃなかったのっ？　いやそれとも、仕事が速いってこと？

文月は「お疲れ様です」と口にしながらも、パソコンに向かって密かに突っ込んだ。

「この時間で終わるなら、最初から自分でやれって話だよなぁ？」

向かいの席の曽根が、書類から顔も上げずに呟く。文月はちらりと視線を上げた。

「……ええと、私は返事を期待されているんでしょうか」

「いやいや、この周辺に漂う皆さんの思いを代弁したひとり言。ったく、無駄にピリピリした空気まき散らしやがって、てな」

それから曽根はぐんと伸びをすると、文月に向かってニヤリと笑った。

「さっさと終わらせて、皆で飯でも食いに行くか」

急に空腹を意識して、文月のお腹がぐう、と鳴った。

「いい返事だな」

くっくっ、と笑いながら曽根は手元の時計を確認する。

「どれくらいで終わる？」

「……三十分くらい、でしょうか」

「よーし、三十分後出発！」

＊　＊　＊

――そして、このメンツが謎だ。

「俺のとっておきの店に案内してやろう」という曽根に付いてきてみれば。路地裏の、赤提灯が揺れる店の前に立っていた。引き戸の隙間から漏れる白煙に、常盤が参ったな、と髪をかき上げる。

「曽根さん、勘弁してくださいよ。丸ごと一式クリーニングコースじゃないですか」

張り出したオレンジ色のテントには「ホルモン　みやび」と書かれている。ホルモンなのに、みやび……。何とも言えないネーミングセンスに、文月の口許が、ひくり、と震えた。曽根は一番近くにいた原田の肩をバシッと叩き、身体を寄せる。

「そんなせせこましいことを言うヤツはここに残して、俺が男の付き合いを教えてやろう」

引き戸を開けると、店内は白く霞んでいた。「四人！」と手で示して、曽根がずかずか入っていく。いや私、一応女なんですけど、と一瞬怯んだ文月の背を、「まあ、仕方がないか」と常盤が押す。

座敷に上がると、目の前のテーブルに炭の入った七輪が置かれた。換気扇は既にフル稼働だが、どうやらその役目を果たせていないようだ。

まずはビールを人数分頼むと、曽根が勝手知ったるという様子で適当に注文を出した。

あっという間にキムチのお通しが置かれ、ビールが運ばれてくる。

「お疲れ」とジョッキが打ち合わされた。しかしそれに口を付ける間もなく、「はい、お待ち！」の威勢のいい声とともに、アルミの皿がテーブルに並んだ。

文月は思わず身を乗り出して、その白っぽかったりピンクだったりする肉を凝視する。

――何の、どこの部位か、謎だ。

「ホルモンは初めてか？」

向かいに座った曽根が笑いながら尋ねてきた。文月は皿の上の得体の知れない肉から、じっと目を離さないまま答える。

「もつ鍋くらいはありますけど、こんな生々しいのは初めてです」

すると突然、前方から伸びてきた手に、髪をぐしゃぐしゃとかきまぜられた。

「ふえっ？」

何事!?　と頭に手をやろうとしたとき、横から伸びてきた別の手が文月の肩を強く後ろに引く。

「おあっ？」

文月は両手で頭を押さえた格好で、勢いのまま後ろにこてっと倒れた。

――何が起きたのか、謎だ。

一瞬の沈黙の後、その場は笑いの渦に包まれた。曽根も笑いながら、白い肉を網にのせ始める。

「いやぁ、悪い悪い。ついつい、ね。お前、実家でお袋が可愛がってるトイプードルにそっくりなんだよ。その、モノに対する興味の示し方といい、ちょっとした仕草といい、サイズ感といい、毛の質感といい……」

何気に失礼なことを言われている、とムッとしていると、先ほど肩を引いた手が今度は文月が起き上がるのを助けてくれた。

「ごめんね。ちょっと力加減を間違えちゃった。でも、簡単にオジサンに触らせちゃダメだからね」

常盤が薄く笑みを浮かべたまま口にする。

ええと、アナタだって私の頭、結構遠慮なく撫でてるじゃないですか。オジサンじゃないかもだけど。

「危ない人だからねー、簡単に懐いたりしちゃいけないよ」

懐くって何？　やっぱりトイプードルなの？　トイプー扱いなの？　文月の眉間に皺が寄る。

「おいおいおいー」

曽根がニヤニヤ笑いながら声を上げるが、常盤はどこ吹く風だ。

「どこに連れて行かれるかわからないからね」

「連れてかねぇよっ」

「ついてかないしっ」

思わず切り返してしまい、文月はおっと、と口を押さえた。

ふっふっふ、と笑いながら常盤が文月の顔を覗き込む。

「知ってた？　プードルってさ、元々は猟犬なんだよ。賢くて、活発で、気が強いんだ。可愛い外見に惑わされちゃ、いけないいんだよね？」

「……ええと、私に何と答えろと？」

「そりゃ、猛犬注意、咬みつきます、とかかな」

身体を起こしながら、常盤がさらっと口にする。

ホルモン奉行にお任せあれ、と焼きを取り仕切る曽根が、網の上の肉をひっくり返す。じゅ、という音とともに炎が上がり、白煙が立ち昇った。

「……咬みついてません。ちょっと吠えただけで」

常盤が暗に、今日の出来事を——野崎とのことを言っているのだ、と文月は理解した。やっぱり、見られていたのだ。

「結構、結構。ああやってね、ちゃんと狼煙が上がらないと、俺たちも手が出せないんだよ」

肉に箸を伸ばす原田の手を「まだだ」と叩きながら、曽根が言う。

「やたらに口出しすると、野崎に余計なお世話だと言われかねないだろう？　お前はどんどん消耗していきながら、それでも頑張っちまうから心配してたんだよ。都築課長も、あいつにようやく釘が刺せてほっとしたんじゃないか？　——ほらお食べ」

文月の皿の上に、こんがり焼けた肉がのった。

「野郎どもも、手を出していいぞ」

ホルモン奉行の許可が下りて、網の上の肉が瞬く間になくなる。

こわごわ肉を口に運んだ文月であったが、口の中にじゅわっと広がった脂の旨みに、目を輝かせた。

「おいしっ」

曽根が「そうだろう、そうだろう」と頷きながら、次いでピンクの肉を網にのせる。自分の口に入れたものの正体を考えて、文月は一瞬呑み込むのを躊躇ったが、まあ、知らないままの方がいいこともあるのだ、と思うことにした。次々とよくわからない肉が焼かれ、文月は曽根に世話を焼かれるまま、それらを有難く口にした。美味しいものは、正義だ。もとい、美味しければ、正義だ！

そして。すっかりこの場に馴染み、これはまた歯応えがある肉だなー、と咀嚼している文月に向かって、常盤がちょっと意地悪な顔を向けてきた。

「佐久間さん、それ何だと思う？」

「……内臓、なんですよね？」

いや、細かい部位の説明は不要です。

「唇」

「げっ。そんなもん、私は食べてたんですかっ。でも美味しいですけど」

「コラーゲンたっぷりだよ」

文月はこくんと呑み込んで、常盤の方に少し身体を傾けて囁いた。

「私はまだ、コラーゲンに執着するほどの年齢じゃないです。常盤さんこそ明日の朝プリプリの素肌で、企画のお姉様たちに殺意を抱かせちゃうんじゃないですか」

すると徐に、先ほどの曽根とは違った柔らかな仕草で、常盤が文月の頭をくしゃり、と撫でた。

——どうして撫でられているのか、謎だ。

目を瞬かせる文月に、常盤はにっこり微笑みかけた。

「……ええと、簡単にオジサンに触らせちゃいけないんでしたよね？」

「僕はオジサンじゃないから」

まあ、そうかもしれませんけどね。いやいやいや、そうじゃなくてですねっ！

「それに、トイプーも飼ってない」

「……そうなんですか？」

「そうなんですよ。ほら、箸が止まってる」

文月の皿に、新しい肉が運ばれる。

「ありがとうございます……じゃなくてですねっ！」

文脈が意味不明だったんですけど！　そう続けようとする文月から、「キミ、営業でしょ。ニンニクの丸焼きそんなに食べちゃって、明日臭い大丈夫？」と常盤は原田に関心を移してしまった。

——この人、やっぱり謎だ。

文月は、皿にのせられた肉をぱくり、と口に入れた。

明日も仕事があるからと早めに散会して、皆それぞれの帰路についた。

もしかしなくても曽根は、文月を元気づけるためにあの怪しげな店に連れて行ってくれたのだろう。白煙に霞(かす)む中、正体不明な肉を前にしては、しんみりとした気分になどなっていられない。

駅の改札口で、「じゃあ」と手を振って去って行った常盤も、ひとり利用駅が違う文月が思い悩む時間を持たぬよう、わざわざ送ってくれたのだろう。

がたん、と揺れる電車に、文月は進行方向に斜めを向いて足を踏ん張る。

『NO』を正しく伝えるのは難しい――だけど。ちょっと苦手かも、と思っていた常盤と、あんな風になんてことなく対することができてしまった。であれば、野崎とだってもしかしたら――。いつの日か、それなりの距離を置いて上手(うま)くやっていけるようになるのかも。

このとき文月はまだ、そんな風に考えていたのだ。

＊＊＊

――甘い。

甘いよ、文月。そんな簡単にそれなりの距離なんかとれるようだったら、誰もこんな苦労しないっつーの！

確かに都築課長の一喝以来、野崎の個人的な仕事を押し付けられることはなくなった。が。そこはやっぱり、野崎だ……

エレベーターを待つのももどかしく、非常階段を駆け下りて、文月は総務部に飛び込んだ。カウンター近くに座る綾乃は文月に気付くと、ちらりと終業間近を示す時計を見上げ、眉を片方跳ね上げた。曰（いわ）く。

――またなの？

わかってる。わかってるんだけどっ！

「ごめんっ」

やれやれ、といった風情で席を立つ綾乃に、カウンターにかぶりついて申請用紙を突き出す。

「プ、プロジェクター、なんだけどっ、明日の午前中、余ってない？」

「システムで予約できるでしょ？」

「システム上の備品は既に空（あ）きがありませんでしたっ！」

桜井コーポレーションでは、会議室やそこで利用される備品を社内システムで予約できるようになっている。

「じゃあ、ないんじゃないかな」

「冷たいよ、綾乃。資材倉庫っ！」

「……何でそんなこと知ってるのよ」

目を眇（すが）める綾乃に、文月はてへっと笑ってみせた。

「新人研修って無駄じゃないんだねぇ」

本社配属後に各部署を回った新人研修で、文月は総務の仕事も経験済みだ。システムに載っているものだけが全てではない。万が一に備えて、大抵『予備』がひとつふたつ存在しているのだ。

文月が突き出している申請用紙をぴっと取り上げ、目を通した綾乃が渋い顔をした。

「やっぱり。あんたじゃなくて、申請者は例によって女史じゃないの」

「申請者は野崎さんだけど、三課の会議で使うんだよ」

「この間は四十二インチのモニターだった」

「あれは、さすがに予備がなくて困ったねぇ」

「結局、プロジェクターとスクリーンで対応できるように走り回ったのも、あんたでしょう?」

まぁね、と文月が肩を竦める。

「……いつまでこんなこと続けるのよ」

「さあ。女史の気が済むまで? 下らないし煩わしいけど、直接私の仕事に影響しない範囲でなら、付き合ってやろうじゃないのって腹を括った」

「……」

綾乃が、ぽかんと口を開けて文月を見た。

「何?」

「いや、少し前の萎れてた文月に、今の男前なセリフを聞かせてやりたいと思って」

文月は苦笑する。そうやって、自分を鼓舞しているだけなんだけど。でも。文月はきっぱりと口にする。

「——いつか、こんなことを仕掛けようなんて気も起きないくらいの存在になってやるの」

目を瞬かせる綾乃に向かってにこりと笑いかけ、言葉を継ぐ。

「取り敢えず急ぎで、相澤主任に話を通してくれる？　こっちの事情、ちゃんと説明するから」

＊＊＊

月曜は、それぞれの営業の個別案件とそれに対するアプローチ、その進捗、契約締結の予定といった内容を事細かく追及される会議が、朝から続く。

「交渉先はあくまでも交渉先だから、取引に繋がらないことだってあるし」

そんなある月曜のランチタイム。社員食堂で綾乃とテーブルを囲み、文月はランチセットのエビフライにかぶりつきつつ語っていた。

「交渉先を増やして、でもってその交渉先を育てていかなくちゃいけないから大変なんだよ」

きのこハンバーグを切り分けながら、綾乃が首を傾げる。

「大変って言うわりには、楽しそうだね」

「うん。商品に対する思い入れとか聞いたりすると、よし、頑張って一緒に広く世に出そう！　って気になる」

「ふぅん」

「曽根さんが言うには、私たちの役割は跳び箱の踏切板みたいなものだって」

「踏切板？」

「そう。商品が元々持ってる可能性を、よりスムーズに引き出すための存在」

「おお。さすが営業きってのやり手。言うことが違う」

「そうだろう、そうだろう」

いつの間にか綾乃の背後に、ニヤリと笑う曽根が立っていた。どうやら食事を終えた後らしい。

「――惚れるなよ」

「いや、惚れませんて」

文月がふん、と鼻で嗤った。

「何だ、その即答。失礼なヤツだな。少しは躊躇え」

曽根が通り過ぎがてら、文月の頭をぽんぽんと叩いていく。

「だから、叩くなっつーの」

「可愛がられてるんだねぇ、文月」

「別に、そういうんじゃや……」

そのとき、背後から厭味ったらしい声が聞こえた。

「いやよねぇ、男に媚びるようなことして」

野崎だ。もちろん、文月のことを言っているのだろう。身体が強張る。綾乃の表情も険悪なものに変わった。

「ああやって、仕事もとってるのかしら」

その周辺からクスクス笑い声が上がる。類は友を呼ぶ――似たようなタイプの、意地の悪い女たちが集まっているのだ。周囲の視線が何となくこちらに集まっているのを感じ、文月は唇を噛む。

そのとき、文月の横をスッと通り抜けた女性が、背後で足を止める気配がした。

「――野崎さん」

「何でしょう？」

総務の相澤主任だ。

「最近、営業三課は備品の手配が遅くて、イレギュラーな扱いになっているの」

「ああ、うちの新人がご迷惑を――」

クスクス笑いながら答えようとする野崎に、相澤は冷たい声で言い放った。

「申請書を持って慌てて駆け込んでくるのは新人の佐久間さんだけど、申請者はベテランの野崎さん、あなたよ」

「……」

「営業としてそれなりのキャリアがあるんだから、いつ何が必要になるのかくらい、ギリギリのタイミングでなくても、わかっているはずでしょう？　こういったことが重なると、まるで嫌がらせをしているみたいよ」

「つな！　私は別に佐久間さんに嫌がらせなんかっ」

「――〝語るに落ちる〟って言うのかしらね。私は総務部に対する嫌がらせ、と言いたかったのよ。終業時間ギリギリの申請は、こちらにとっても対応に困るの。しかも」

相澤は周囲の耳目(じもく)を意識してか、効果的に間をあける。

「そんな時間に申請書を出して総務に無理を強いている申請者本人は、一度も謝罪に訪れない。できる限り営業のサポートをするつもりでいるけれど、当たり前のように規則を蔑ろにされるとこちらとしても異議を申し立てないといけなくなるのよ」

文月の向かいに座って相澤を見つめている綾乃の目が、キラキラ輝いて頬が上気している。

「主任、格好いい……」

胸元で手を握り締め、呟く。

「今後、システム対応できずに申請書を出すときには、自分で総務まで持ってきてちょうだい。立場の弱い子に押し付けるんじゃなく」

相澤の立ち去る気配がして、社員食堂にざわめきが戻った。

「嫁き遅れの、お局のくせにっ！」

野崎の悔しそうな声が響いたが、勝負あり、だ。負け犬の遠吠えにしか聞こえない。

文月は目を伏せ小さく微笑む。相澤は、文月が頻繁に無理な準備を強いられているのを心配してくれていた。総務を巻き込んで、そんなやり方を通す野崎に憤っていた。だから、衆人環視のこの場で言い逃れようのない事実を示し、野崎に釘を刺してくれたのだ。

――あんたはひとりきりってわけじゃない。

綾乃だってそう言っていた。確かにそうだ。色々な人が、頑張る文月を見ていてくれる。

目の前のエビフライの残りを、ぱくりと頬張る。きちんと食べて、気分を上げていこう。それから真っ直ぐ前を向いて、何でもないことのように野崎の横を通り抜けよう。

そして。いつかきっと私も、相澤主任のような――あんな風な格好いい女になろう。

3　王者の花

やけにちんまくて、活きのいいのが入ってきた――最初の印象は、そんな感じだったように思う。

今年本社配属になった三人の新人のうちのひとりは、その溌剌とした歩き方で司の目を惹いた。

「おはようございますっ！　社内メール便ですっ！」

大きなカートを押し、彼女――佐久間文月はフロアに入ってくる。新人は様々な部署を経験して回るのだが、今は総務部での研修中なのだろう。両手いっぱいに封筒を抱えながら、頭の天辺で薄茶の髪をふわふわとさせてフロアの中を飛び回っている。

表向きは様々な仕事を経験するためということになっている新人研修だが、実のところは厳しくその適性を吟味されている。こういった地味な仕事を敢えて与えられるのにも、それなりの意味がある。誰にでもできることとして不満をあからさまにする者もいるが、その誰にでもできることにさえきちんと取り組めない者に、一体何を任せられる？　という話だ。

奥に座る企画課長が、書類の受領印を押しながら、彼女に問いかけるのが聞こえた。

「どう、佐久間さん。力仕事で大変だろう。それに、単純な仕事で退屈かな？」

「確かに力仕事で大変ですけど、見えていても見えていない存在のような扱いで、色々な部署の様子が垣間見られて楽しいです。それに、これは実は結構重要な任務だと思うんです」

「任務……」

課長が少し困惑した声で呟く。それを気にするでもなく、佐久間文月は大きく頷き声を潜めた。

「マル秘扱いの分厚い書類が、あの課の誰それさんからこの課の誰それさんへ何度も送られてる、とかわかることもありますから」

ただ単に荷物を運んでいるだけなのに、社内の情報の流れが見えてくる、と言っているのだ。明るく屈託のない、ややもすれば幼い印象を与える表情と、その印象を裏切る切れ味のいい受け答え。司はくすりと笑った。さすが本社配属されるだけのことはある。これは本人の与り知らぬところで、そこここにかなりのインパクトを残して回っているに違いなかった。

「……」

「ええと、口は堅いです」

「いや、そういう心配はしてないよ」

苦笑を浮かべる課長に向かって、彼女は、よかった！　とでもいうような表情を浮かべる。それから、「では、まだ配達が残ってますのでっ」と、ぺこりと頭を下げ、再び軽やかな足取りで去って行った。

「……何だか、楽しんでる感じですね」

その後ろ姿を目で追いながら司がそう口にすると、課長はふっと笑った。

「楽しんでいるんだろうね、きっと。どんな仕事であれ、自分なりの意義を見つけて白けないで取り組めるというのは大事なことだよ」

——佐久間文月。

文月というからには、七月生まれなのだろう。あのきらきらとした明るく希望に満ちた表情は、そういえば七月の小さな向日葵のようだ——次に抱いた印象は、たぶんそんな感じだったように思う。

暫くして、彼女は研修の一環で企画部にやって来た。

丁度抱えていた案件が大詰めを迎え多忙な時期だったこともあり、司は彼女と直接仕事をする機会もないまま、定例の営業企画会議に参加した。

議題として上がったのは、営業企画配属二年目、関根の抱えている企画である。なかなか企業間の条件が折り合わず、上手くまとめ上げられないということであった。実際に彼が提案している内容を皆の前でプレゼンし、何が決定打として必要なのか、あるいは不足なのか、検討しようということになり——

「何か、質問は？」

デモが終わった後、課長がテーブルについた課員の顔を見回す。

資料は丁寧に作られ、理解しやすく整った体裁になっている。関根自身の説明も、堂に入ったものだった。しかし……。口を開きかけた司に向かって、課長は何も言うなというように小さく首を振り、末席に座る彼女にこう尋ねた。

「佐久間さんはどうかな？」

新人の君に何がわかるのか、という視線が、関根から投げかけられる。しかしそんな視線を気にも留めず、佐久間文月は首を傾げながらこう言ってのけたのだった。

「えっと、一応商学部出身で、マーケティングの専門用語にはひと通り馴染んでいるつもりですが、説明は専門用語が多用されていたので、聞いていて、理解がすんなり追いつきませんでした。一方で、手元の資料は具体的で非常にわかりやすいです。あの、プレゼンの対象者とは、マーケティングの方法論について議論するのでしょうか？　それとも具体論を？　方法論を議論するのであればこの資料では物足りないでしょうし、そうでないならば、説明が難しすぎると感じました」

——そう。彼女は関根のプライドを、缶蹴りの缶のように、すっこーんと何の躊躇いもなく蹴り飛ばしてしまったのであった。

司は思わず口許を歪めた。関根のプライドをこれ以上傷つけることのないよう、笑いを堪えるために。素人ながら、いや素人だからなのか、実に鋭い指摘だ、と司は思った。関根はいつも間違った方向で、言葉に頼りがちなのだ。簡素な言葉が持つ力を侮っている。

しんと、静まり返った会議室を不思議そうに見回して、それから自分の発言を吟味しているのか、佐久間文月は眉間に皺を寄せる。

課長は頷きながら、関根に言った。

「俺からも同じことを指摘させてもらおう。難しいことを難しい言葉のまま説明しようとするな。誰にでもわかるやさしい言葉で説明できるようにならないと、説得力は生まれないぞ。折角の素晴らしい資料が生かされていない」

　スペックとパッケージの不一致が面白い――司がはっきりと佐久間文月その人に興味を抱いたのは、このときからだった。

　それでも。まだこの頃は、単なる傍観者として彼女を眺めているつもりでいたのだ。

　七月に、彼女は正式に営業部へと配属された。提案書を携(たずさ)えてふらりと営業フロアを訪れれば、相変わらず頭の天辺(てっぺん)の髪をふわふわと揺らしながら忙しく立ち働く彼女の姿を目にする。だがやがて秋の声を聞く頃には、あの溌剌(はつらつ)とした足取りが消え、何か思い詰めたような表情を浮かべていることが多くなった。噂によれば、チューターである野崎は厄介なタイプで、だいぶ振り回されているらしい。大丈夫だろうか――

　そう思いを掛けてしまうことで、司は既に傍観者という立場ではいられなくなっている自分を自覚する。彼女はといえば、かなり追い詰められた状況にもかかわらず、愚直にもそれに真正面から向き合おうとしているらしい。

　何と不器用な。でも、だからこそ、司の興味を惹(ひ)くのか――

　自覚してしまえば、一歩踏み出すのは、実に容易(たやす)かった。

＊＊＊

「お疲れ様です」

休憩室でコーヒーを飲んでいる司の前に、野崎が現れる。

「お疲れ様」

司はフラットな態度でそう返す。何か含むところがあって、タイミングを見計らってやってきたのだろう。

案の定コーヒーを手にした野崎が、断りもなく司の向かいに腰を下ろしこう切り出した。

「常盤さん。私も今度、企画のプロジェクトに参加させていただけませんか」

司はコーヒーをゆっくり飲み干すと、紙コップをテーブルにコトリと置いた。自分は思いの外、彼女のやり口に怒っているのかもしれない。野崎の言葉を、そのうちね、と流すことができなかった。

「僕は、やる気のある、仕事のできる人としか組まないんだよ」

「――え？」

何を言われているのかわからないというように、一瞬目を見開いた野崎は、次の瞬間その言葉の意味を理解したらしく、顔を強張らせた。

「本社で成功する人間はね、二種類しかいないんだ。自分で道を切り拓くタイプと、道が自ずと拓けていくタイプ」

指を一本ずつ立て、それからニッコリと微笑む。

「誰かを陥れたり、貶めて残るタイプはいないよ。相対評価しかできない人間なんて、必要ないからね。どんなやり方で本社まで上がって来たのか知らないけど――」

空(から)のカップを持って席を立ち、それをゴミ箱に落とす。そして、休憩室を後にしながら、言葉を投げた。

「そんなやり方、本社(ここ)じゃ通用しないと思うよ」

どんなときにも、前を向いて上を目指そうとする。例えば咲き初(そ)めの向日葵(ひまわり)が、天を目指すように。そういった者が陽の当たる場所を歩くのだ。

不意に、与謝野晶子(よさのあきこ)の歌が浮かぶ。

――髪に挿せば　かくやくと射る　夏の日や　王者の花の　こがねひぐるま――

そう、夏の陽に眩(まぶ)しい黄金(きん)の花。小さな彼女の、ふわりとした短い髪に挿すのであれば、やっぱり小さな向日葵だろう。しかし小さくてもそれは、キラキラと輝く王者の花なのだ。

4　Bad faith

朝の挨拶(あいさつ)もそこそこに飛び込んでくる者、その横を足早に通り抜け営業先に向かう者。次々と鳴り始める電話のコール、それに応答する声。朝八時半の営業フロアは、生き生きとした喧騒(けんそう)の中にある。

デスクで外回りのための資料を鞄に詰め込んでいた文月は、プルル、と鳴り始めた電話に手を伸ばした。電話応対は新人の仕事だ。しかし一瞬早く受話器を取った曽根が、いいよ、というように頷く。文月は軽く頷き返し、ホワイトボードに今日の外回りの予定を記入しに向かった。

デスクに戻ると、曽根が難しい顔をして電話を続けている。そして、文月と視線を合わせ、

「ちょっと待っていろ」というように手を上げた。トラブル？　話し声に耳をそばだてる。

「……はい、申し訳ありません。こちらで連絡の行き違いがあったようです。因みに承った者は……野崎、ですか」

ちらりと曽根が目を向けた先に、その姿はない。今日は営業先に直行しているのだろう。

「ええ、了解しました。大至急こちらで詰めまして、改めてご連絡させていただきます。……はい、十時までに、ですね。ご迷惑をお掛けしますが、よろしくお願いします」

受話器を置くと、曽根は厳しい表情を浮かべて文月に尋ねた。

「プレシジョンの試作の件、把握しているか？」

「いいえ」

文月は首を振った。嫌な予感がする。

プレシジョンは、例のソープディスペンサーを企画部に持ち込んできた会社だ。経験を積む意味を兼ねて、桜井コーポレーション側の窓口は文月が担っている。

「スペックとデザインの変更をこちらから提案しただろう？　それに基づいて試作を作るつもりでいるらしい。提案した中から候補を二つに絞って欲しいとのことだ。向こうでの作業時間から逆算して、締め切りが今日の午前十時。一昨日、その旨を佐久間さん宛てに伝言したそうだが」

「聞いてません」

「例の部長からの連絡だったのが災いしたな。メールで確認を入れるような人じゃないから」

文月は青褪め、唇を噛みしめた。意図的に伝言を伝えないなんてことが？　そんなことまで、する⁉　あんまりなやり口に、気持ちが悪くなりそうだ。動揺する文月の目を捉えて、曽根は口許を皮肉っぽく歪めた。

「さて、佐久間文月嬢。どう動く？」

文月は目を瞬かせた。どう、とは？　ジャケットの胸元を強く握りしめる。

——冷静になれ、佐久間文月。

試作を作る——つまりこちらの提案を受け入れて金型を作るということだ。製品化を見越した慎重な選定が求められている。最優先すべきはまず、リミットまでに最善のものを提案すること。

「遠慮するな。二度とこんな風に手を出そうと思わないよう、実力を見せつけてやれ。この程度のこと、何とでもできる」

震える息を吐き出して、文月は力強く頷いた。

「はいっ」

曽根は手許の時計に視線を落とす。

「これからの予定は？」

「飛び込み営業の予定でしたから、空けられます」

「そうか。俺はアポが入っていて、そろそろ出なきゃならない。取り敢えず、常盤を押さえられるか確認」

「了解です」

企画部に電話を入れると、幸いなことに常盤はすぐにつかまった。

『……そうきたか』

事情をきき常盤は苦々しく呟いたが、すぐにいつもと変わらぬ柔らかな口調に戻った。

『曽根さんは？』

「アポが入っていて、すぐに出ないといけないそうです」

『うーん、そうか。僕もこれから会議が入っていて外せない。というわけで、プレシジョンの件は佐久間さんに一任』

「そんな……」

『適当に丸投げしているわけじゃないよ。このひと月の間、佐久間さんも一緒に色々試してみた上でスペックとデザインを提案しているよね？　それぞれを推した理由もきちんと把握しているはずだ。そこから二つ、最適かつ売れると信じるものを選ぶだけだよ。君は、自分の判断を信じればいい』

「でもっ」

『時間までに対応できるのは佐久間さんだけだ。君がやるしかない』

それから、常盤はふっと笑って付け加えた。

『大丈夫だよ。僕が任せても大丈夫と思うくらい、君には本質を見極めるセンスがある』

文月は電話を切って視線を上げる。外回りの準備をする手を休めないまま、曽根が「何だって？」と声を掛けてきた。

「常盤さんも、時間が取れないそうです」

「そうか」

「私が一任されました」

「了解っ！　異議なしっ！　心して取り掛かれ」

「はいっ」

曽根は鞄片手に文月の横に立つと、ニヤリと笑っていった。

「何もなかったように振る舞え。だが、何もなかったことにはするな」

それから文月の頭をぽん、と叩くと、颯爽とフロアを後にした。

「……難しくて言ってることがよくわかんないよ」

文月は眉間に皺を寄せてその後ろ姿を見送ったのだが、それどころじゃなかった、と慌ててプレシジョンのファイルを取り出した。

先方の意向では、小規模な医療施設と一般家庭両方での販路を確立したいとのことだった。その観点からスペックを絞っていく。僅か数十ミリリットルだが、それが利便性とデザイン性に大きく影響を及ぼす。安定性と見映えのギリギリのバランス。だが、どうしてもこれで、と提案すれば、プレシジョン側はそれに合わせた製品化の努力をするはずだ。だからこそ、いい加減な選択はできない。

九時半を過ぎる頃、文月はこれでいける、という二つを選び終えた。

プレシジョン、常盤、曽根に、選択したスペックとその選択理由を書き添えてメールで送る。それから、今朝連絡をもらったプレシジョンの部長に、謝罪と説明のための電話を入れた。

『――ああ、なるほどね。ギリギリ容量を上げて安定感のあるシンプルなものと、そこそこの容量でデザイン性に優れたもの、ね。こちらの意向をきちんと踏まえた提案で、いいね。後はこっちできちんと形にしましょう』

「お願いします」

『それから、連絡事項はメールで確認を取ることにするよ。悪かったね』

「いいえ、こちらこそ申し訳ありませんでした」

電話を置き、ふう、と息を吐く。

「よっし！」

ミッションクリア、だ。

さあ、何事もなかったように、新しい何かを探しに外回りに出掛けよう。一日は長いのだ。

＊＊＊

夕刻の営業フロアは、朝とはまた違ったざわめきに満ちている。パソコンのキーを叩く音。電話に向かって熱心に連ねられる言葉。行きかう誰かを呼び止める声。

「ただいま戻りました」

文月がデスクに戻ると、曽根が「お帰り」と頷いた。

「なかなかいい、納得の選択だった」

プレシジョンの件だろう。文月はほっとした。

「ありがとうございます」

「で、帰ったばかりで申し訳ないが、なかったことにはしない。これは俺の領分の話でもあるからな。付き合え」

曽根はそう低い声で告げると、文月の返事を待たずに野崎に向かって呼びかけた。

「野崎」

早速、ですか。

つまり、何でもない顔をしながら、曽根もかなり怒っているということだ。今朝のあのセリフは、文月に言いつつ実は自分に言い聞かせたものだったのかもしれない。

「――はい」

デスクで書類を書いていたらしい野崎が顔を上げた。

「一昨日、プレシジョンから佐久間宛ての伝言を受けたよな」

「そう……でしたか?」

「先方が、君に伝言したと言っている」

「では、受けたのだと思います」

「ちゃんと伝えたのか?」

「もちろんです」

「どうやって？」

「口頭で、だったと思います」

「佐久間。その伝言は聞いたか？」

「いいえ」

「あなたが単純に、聞いたことを忘れたんじゃないの？」

「一昨日私が帰社したのは、野崎さんが退社された後でした」

文月は冷静に切り返した。

——常盤が以前言っていたように、事実を積み重ねて、客観的に。

「じゃあ、メモにしたのかも」

「どこに置いた？」

曽根が追及する。

「たぶん、デスクに」

「見てません」

文月は首を振った。

「私はちゃんと伝えました。それをうっかりしたのは佐久間さんじゃないんですか」

「これは企画のプロジェクトの件だとわかっていたよな？　佐久間にきちんと伝わったのか確認はしたのか？」

「しました」

野崎はあくまでもシラを切るつもりのようだ。これでは言った言わないの水掛け論だ、いつまでたっても。

「――曽根さん」

文月は少し熱くなっている曽根に呼びかけた。今回の件がこの程度で済んだのは単なる偶然に過ぎない。文月にひとりで対応できる内容だったことも、期限に間に合ったことも、企画が絡んだ大きな取引がダメにならなかったことも、偶々だ。

――次は許さない。

何もなかったことにはするな――つまり、曽根が言いたかったのはそういうことなのだろう。文月は、くっと顎を上げた。

「無駄です。言った言わないの水掛け論になるだけです」

「私はちゃんと伝えたって言ってるじゃない」

文月は薄ら笑いを浮かべる野崎に向かって、言葉を継いだ。

「ですから、きちんと伝言した証拠を残すためにも、今後私宛てのものを野崎さんが受けた場合は、全てメールで送って下さい」

「はあっ？　何言ってんのよ」

「私がうっかりしたというならば、その証拠を残すためです、野崎さん」

すっと表情を消した野崎がいきなり立ち上がり、文月に迫った。

「何なの、あなた。うっかりして申し訳ありませんでした、じゃないの？」

「してもいないミスで謝罪することは、しません」

文月のデスクの上に置かれたペンケースが、野崎の手で払い落とされた。かしゃん、とペンが床に散らばる音がする。

「いい加減にしろ、野崎。お前がきちんと伝言したという証拠もないんだ。ご迷惑をおかけして申し訳ありませんでした、と謝罪しなければならないのはお前の方かもしれない」

曽根の冷たい声に、野崎は口を引き結んだ。

「いいか。必ずメールに残せ。こんなくだらないことをさせられる理由を、自分の胸に手を当てて考えるんだな」

野崎は足元に落ちたあるものに目を止めると、それを憎々しげに踏みつぶし席に戻って行った。

文月は椅子から身を乗り出し、散らばったペンを拾い集める。それから、野崎が踏みつぶしたものに指を伸ばした。

苺（いちご）キャンディー――……

お守り代わりにペンケースに入れていたそれは、文月の今の気持ちみたいに粉々に砕けて、包み紙の中でかさり、と音を立てた。

企画を巻き込んだ形になった今回の出来事は当然都築課長の知るところとなり、野崎と文月はそれぞれが席に呼ばれ、事情を聞かれた。

「してもいないミスで謝罪することはしない、と言ったそうだな」

野崎が都築に、何をどう説明したのかはわからない。しかし文月は、強情と言われようが自分の主張を違えるつもりはなかった。

「野崎さんに対しては謝罪する必要を感じません。伝言は、口頭でもメモでも受け取りませんでした。ですが、企画や曽根さんにご迷惑をおかけしたことは、大変申し訳なく思っています。それから、こんな風に課長のお手を煩わせたことも」

たっぷり十秒、何かを見定めるような都築の視線と沈黙に耐えた。身体の横で、握りしめた拳に力が入る。と、徐に頷いた都築が口許を緩めた。

「正しい主張だ」

それから椅子をくるりと回して、先ほど事情を聞かれた後、強張った顔で足音荒く退社していった野崎の席を眺める。

「いやはや全く、肝の据わった新人だね。動揺させて『すみません』と泣かせたかったんだろうが、逆に喉元に刃を突き付けられたというわけだ」

そして、くっくっ、と笑いながら文月に視線だけ向けた。

「野崎には、お前たちの個人的ないざこざが業務に支障を及ぼすならば、責任を取るのはお前の方だと釘を刺しておいた。今後、こういうことは起こらないだろう」

行っていいぞ、と言われて、文月はぺこりと頭を下げてから席に戻った。機械的に今日一日の日報を記入し、メールの確認をし、明日の準備をする。暗に、お前のせいじゃないのはわかっている、と言われたのだと思う。——だけど。自分のせいだということも、わかっている。目に強く力を入れ、唇を噛みしめる。そうしないと、何だか訳のわからないものが溢れ出してきてしまいそうだった。

暫くして、常盤が営業フロアにふらりと現れて曽根の横に立った。

「プレシジョンの、なかなかいいライン選んでますよね。たぶん、三人で集まっても同じ選択をしたかな」

まるでトラブルなど起きなかったかのような暢気な口調だ。対する曽根も、軽く受ける。

「そうだな。手を荒らしてまで実験した甲斐があったというもんだ」

文月たちは、データを取るため、実際にディスペンサーに様々なメーカーのハンドソープを入れ、フル充填で何回使用できるのか試したのだ。

「やだな、曽根さん。面の皮は厚いのに、手の皮は薄かったんですか」

ふははははは、と乾いた笑い声を上げた曽根が、常盤の顔に人差し指を突き付けた。

「お前の舌も、あのハンドソープで洗ってやればよかったな。そうすれば、その毒も少しは薄まっただろう」

何のことでしょう？　と肩を竦めながら、常盤は文月に笑みを向けた。

「佐久間さん。今日はひとりで頑張らせちゃったし、コーヒーでも奢ろうか。って言っても、そこの休憩室のだけど」

「——いいえ、そんな」

「おお常盤、俺にも奢ってくれていいぞ」

「僕の舌をハンドソープで洗おうとするような人に、奢るコーヒーはありませんよ」

「そうかよ、そうかよ」

間接的とはいえ迷惑をかけた立場の自分がそんな気を遣ってもらうなんて、と断ろうとする文月を、「ほら、いいから奢られてこい」と曽根が笑いながら追い立てた。

休憩室に歩いていく常盤の後ろを、文月は俯き加減でついていく。何でもないことのように振舞おうと、ずっと自分を奮い立たせてきた。絶対に弱みを見せないと、ずっと頑張ってきた。だけど、何でもないふりをするのに、少し疲れている。

――だって。何でもないなんてこと、ないんだもの。

今朝の出来事というよりも、だいぶ以前から抑え込んでいた思いに気を取られていたせいかもしれない。

――ぶっ。

不意に立ち止まった常盤に気付かず、文月は鼻から彼に突っ込んでしまった。

「……すみませ、ん、ん？」

鼻を押さえて立ち止まった文月は、すぐ横の会議室にそっと押し込まれた。

常盤は電気のスイッチをパチパチと入れ、ドアの表示を「使用中」にスライドさせる。

「……えっと？」

戸惑う文月に、常盤はにっこり笑った。

を指差す。

「顔がヘン」

「やっぱり、舌をハンドソープで洗った方がよかったんじゃないですか」

思わず突っ込んでしまってから、おっと、と口を押えた。

ところが常盤はまるで意に介さず、「さっきから難しい顔して、ここに」と言って、自分の眉間を指差す。

「ふっかいシワができてる」

文月は俯いて、眉間を指でそっと撫でた。

「今日のは、かなりしんどかったでしょ？　ひとりでよく頑張ったね」

この程度、何てことはない――そうやって、せっかく頑張って突っ張って平気を装っているのに、どうして、それを揺るがすようなことを口にするかな。文月は目を伏せて、唇を噛みしめる。いっそ責めてくれたら、なにくそって踏ん張れるのに、そんな風に優しくされると気持ちが揺らいでしまう。さっきの苺キャンディーみたいに粉々の心が、かさり、と音を立てて零れてしまいそうになる。

「あのさ。自分がどんな顔してるかわかってるのかな。そんないっぱいいっぱいの顔してるのに、放っておけないでしょ」

ぽた、と床に滴が落ちた。

これ以上何かが零れ落ちないよう、文月は胸の前で強く手を組み、声を絞り出した。

「だ、いじょうぶ、ですから。これくらいのこと、何でもないです。何でもないふりをするうちに、本当に何でもなくなるってっ」

そう、自分に言い聞かせているんです――

せり上がってくるものを堪えようとして、息が荒くなり肩が揺れた。滲んだ視界に黒い革靴が現れて、頭に手が載せられる。慰めるように何度か撫でられた後、後頭部に、くい、と力が加わって。気付けば文月は、常盤のワイシャツに引き寄せられていた。

「これ、ハンカチだから。青いストライプのハンカチ。特大サイズ。ハンカチは、何も聞こえないし、何も見ない。――少し泣いて構わないよ」

堪えていたものが、次々と溢れてくる。滴はもう床には落ちなくて、青いストライプをじんわりと濡らした。

「……ど、うして、こんな酷いこと、されなくちゃ、何で……」

それは、何度も繰り返してきた自問だ。どうしてこんなことを？　何で文月に？　そこに答えはなくて。

ふう、という小さなため息とともに、頭の上から常盤の声が降ってきた。

「ハンカチは、こう思っている。理由がわかったら楽になる？　納得する？　そんなことないでしょ。また〝どうして〟と〝何で〟の無限ループだよ。そもそも、理由なんかあるのかな。理由もなくぶつけられる悪意だから、怖いし辛いんでしょ。そんな悪意の理由をいつまでも自分に探すなんて、ナンセンスなんじゃない？」

額にじんわり常盤の体温を感じる。それから、ゆっくりと穏やかな鼓動……。身体に腕が回されることはなかったけれど、不思議と守られているような安心感があった。

波立った感情が、常盤の鼓動に合わせるように次第に凪いでゆく。滲んだ視界も、いつしかクリアになっていった。

青いストライプのハンカチは、その間ずっと黙ったまま、文月の思いを受け止めてくれていたのであった。


——どうしよう。

段々冷静になってきて、別の動揺が文月を襲う。思いっきり泣いてしまった。あろうことか社内で。しかも常盤の胸を借りて。

——死ねる。

文月はぎこちなく身じろぎした。ええと、取り敢えず、この気まずい位置関係をどうにかしたい。

「デトックスできた？」

計ったようなタイミングで声を掛けられて、文月は思わず常盤の胸に手を付きその顔を見上げた。

すると慌てて視線を逸らした常盤が、その顔やばいって、と呻きながら再び文月の頭をぐいと胸に押し付ける。

「ぶっ」

「ああ、ごめんごめん」

「そんなにやばいですか。いえ、いいです、答えなくて。自覚してますから」

文月はまだ鼻に掛かったままの声で、青いストライプに向かって言った。瞼が熱を持ってじんじんしているし、涙が乾いた後の頬はつっぱっている。迂闊にもこんな顔を晒してしまうとは。

——マジで、死ねる。

常盤は、そういうやばいじゃないんだけどね、と、よくわからないことを言って、くっくと笑っている。気恥ずかしさを誤魔化すように、文月は言葉を重ねた。

「あのでも確かに、澱んでいたものが全部出ていった感じですっきりしました」

「そう？」

文月は、強く頷く。状況が何か変わったというわけではない。だけど、もう、自分が納得するためだけの理由を探すようなことは、やめる。

「明日も、いつもの佐久間文月で野崎さんの前に立って、イラッとさせてやります」

何もなかったように。でも、何もなかったことにはしない覚悟で。

額を預けている青いストライプが、籠った笑いで震えた。

「でもそれとは別に、緊急かつ切実な問題に直面しているんです」

「そうなの？」

「……今のこの状況を、どう収拾つけていいのか、わからないです」

今度こそ、間違いなく弾けるような笑い声で、青いストライプが跳ねた。

「えっと、常盤さんは自覚してないかもしれないですけど、私の目の前の青いストライプはかなり深刻なダメージを受けていますー」

「ああ、何となくわかってるよ」

「私の顔ほどじゃないかもしれませんけど」

ぽんぽん、と再び頭を撫でられて、笑いを含んだ穏やかな声が降りてきた。

「顔を洗っておいで。それから本来の目的地を目指そう。この時間じゃ、休憩室にもそんなに人がいないんじゃないかな。コーヒーを奢(おご)るのはまだ有効だよ」

＊　＊　＊

洗ったくらいではどうにもならなかった顔であるが、それでもだいぶすっきりした気分で、文月はホットコーヒーの紙コップを両手で包んだ。幸いなことに、休憩室に他の人影はない。向かいに座った常盤の胸元に目を向けると、『青いストライプのハンカチ』になってくれていた間は肩に跳ね上げられていたネクタイが定位置に戻され、何となくその辺りの皺(しわ)だとかシミだとかを誤魔化してくれているようだ。

うう、涙やマスカラや色んなものが染み込んでるはずの、あのワイシャツを今すぐ預かって、できれば大至急クリーニングに出したい。

男の人って、オフィスに替えのネクタイやワイシャツを常備していたりするものなんじゃなかったっけ？　文月の父は、そうやって不測の事態に備えていると言っていたけれど。

気まずい思いで視線を胸元からそろりと上げる。すると面白がるような表情を浮かべた常盤と、ばっちり視線が合った。

「あの、すみませんでした……」

　文月がぺこりと頭を下げると、常盤は、気にしないでいいよ、とくすっと笑う。

「寧ろ、謝らなくちゃいけないのは、僕の方かも」

「――へ？」

　実はね、と常盤は切り出した。

「この間野崎さんに、企画のプロジェクトに参加させてほしいって言われたんだ。でも僕、やる気のある仕事のできる人としか組まないって、思いっきり突っぱねちゃったんだよね」

「だよねって……」

「だから今日のことは、佐久間さんを都合よく使って、僕に意趣返しをしたってところもあるんじゃないかな。ごめんね、とんだとばっちりだったね。もっと上手くあしらえたと思うのに、ちょっと感情的になった」

　感情的に？　文月は目を瞬かせた。常盤がそんな風になるなんて、何があったのだろう。いつも淡々としていて、そういった自分を煩わすようなものとは、心理的な距離を置くことに長けているように見えるのに。

　とはいえ、と文月は思う。それも理由のひとつかもしれないけれど――

「でも結局、私が関わっているから野崎さんはこんなことを仕掛けてきたんです。常盤さんと曽根さんを巻き込んだのは、私です。ご迷惑をおかけして……」

文月がすみません、と続けようとすると、常盤がおっとりと言葉を挟んだ。

「さっき、してもいないミスで謝罪しないって啖呵を切ったんでしょ？　佐久間さんを理由に野崎さんが仕掛けたとしても、それは野崎さんの勝手な理屈であって、佐久間さんが謝罪しなければならない理由にはならない。すみません、を安売りしちゃいけないよ。僕も曽根さんも、そんな謝罪を必要としていない」

青いストライプに縋って流したものとは、全く別の意味の涙が滲んだ。

「――はい」

慌てて俯いた文月であるが、テーブルにぽたりと滴が落ちる。一旦振り切れた感情の針は、簡単にまたそのコントロールを失う。

「奢られに来てやったぞ」

そのとき、カツカツ、という靴音とともに現れた曽根が、俯き、指先で目元を押さえる文月を目にして尖った声をあげた。

「責めたのか？」

「いや、まさか」

「ちがっ、違いますっ」

文月は曽根を見上げる。

「デトックス、してました」

ため息とともにテーブルに身を乗り出した常盤が、文月の頭に手をやって、ぐい、と俯かせた。

「――あれ」

「曽根さん、見ないでいいですから」

そんなにヒドイ状態なんだろうか、とヘコむ文月の上で、面白がるような曽根の声がこう言った。

「あ、そ。じゃあ、ここは騎士様にお任せして退散しますよ。そうだ、常盤。佐久間をちゃんと送ってやれよ。そんな状態のまま、ひとりで帰せないだろう」

――ええっ！　またいらんことを、このヒトはっ！

「いや、でもっ！」

思わず顔を上げかけた文月は、再び結構な力でぐいと下に押し戻された――常盤に。

――何なのよーっ。

「わかってますよ、曽根さん」

機嫌のよさそうな常盤の声が、文月の上を通り過ぎた。

＊　＊　＊

――ちかっ！

確かにサラリーマンで混み合った電車内だけど、パーソナルスペース狭すぎやしませんかね。揺れに身を任せて距離をとろうと文月が足を後ろに引くと、肘（ひじ）に手が添えられてぐいと引き戻された。

「大丈夫？」

――大丈夫じゃ、ありませんからっ！　色んな意味でっ！

「……はい」

心とは裏腹に、文月は目の前の人物に向かって頷いてみせた。だがガタンという揺れに今度は後ろから押されて、今日一日ですっかり馴染んだ胸元へ顔から突っ込んだ。尤も、すっかり馴染んだと思うのは文月だけであって、こんな風に顔から突っ込まれることに、この男性は馴染みたくはないだろうけれど。

――マジで、泣ける。

「す、みません……」

「気にしなくていいから」

この会話、今日何度目だったっけ……。文月は身体を起こしながら、はぅ、と小さくため息を吐き俯いた。

そもそも、常盤とは住んでいる沿線が全く違う。曽根がああ言ったとはいえ、そしてまた常盤がああ答えたとはいえ、送ってもらうのは、せいぜい改札かホームまでのつもりだった。だから駅のホームに電車が滑り込んできたとき、文月は常盤に向かって「ありがとうございました」と頭を下げたのだ。ここで大丈夫ですから、と。

ところが常盤は首を傾げて、「これに、乗るんでしょ？」と文月ごと電車に乗り込んだ。たぶん、ひとりで歩かせるにはあまりにも情けない状態だったのだ、とは思う。泣いたの、まるわかりだし。でも送った後、反対側のホームからひとり折り返すのって、虚しくない？　しかも、たまたまデトックスに付き合わされたに過ぎない、それほど親しくない後輩社員のために。

文月がそうやって煩悶するうち、電車は目的の駅に辿り着いた。扉が開くと同時に、電車から押し出されるようにしてホームに降り立つ。改札目指して足早に歩いて行く人波に追い越されながら、文月は隣に並んだ常盤を見上げた。

「遠回りさせちゃって、すみません」

常盤は薄らと笑みを浮かべる。

「今日は謝ってばかりだね、佐久間さん。気にしないでいいよ。僕は基本的に、やりたくないことはやらないから」

「はい？」

「別に、曽根さんに言われたから送っているわけじゃないよ。僕が送りたかったから、そうしているまで」

「……はい」

物腰柔らかそうな印象なのに、少し一緒にいるとよくわかる。常盤は、実は結構強引だしシビアだ。だけど、ここぞというところでは、絶対に背を向けたりしない――

一旦改札から出たところで、常盤が文月に尋ねる。

「駅から家は近いの？」

「はい。もっと遅くてもひとりで歩いて帰ってますから。今日は、本当にありがとうございました」

常盤を見上げてそう答える。

「文月」

そのとき、背後から不遜な声で呼ばれた。文月の肩が大きく跳ねる。

――神様。これは一体何の試練でしょう。

振り向かなくても、そこに立つ人物がわかる。すらりとした長身の、端整な顔立ちの男。昔から、文月が見られたくない、会いたくないというときに限っていつも現れ、その状況を嗤い、心を抉るようなひとことを投げつける男。どうしてまた、よりによって今日、こんなところで――。文月はまだ違和感のある瞼に手をやり、唇を噛みしめた。

声の主を確認した常盤は、その視線を文月に戻すと、常と同じ穏やかな表情で小さく首を傾ける。大丈夫？　と問いかけるように。あるいは、ここにいるよ？　と励ますように。

文月は、ぎこちなく微笑んで頷く。それから意を決してくるりと振り返ると、その人物と対峙した。

「久しぶり、健斗。今帰り？」

文月の顔を目にした健斗が、はっと顔色を変えて詰め寄って来た。その勢いにびくりとして、文月は思わず後退る。

とん、と身体が常盤にぶつかると、文月を守るように常盤の手が肩に置かれた。それに気付いた健斗が足を止め、一瞬顔を歪める。しかしそれはすぐに嘲るような表情に変わった。

文月は、その口から放たれるであろう辛辣な言葉に備えて身構える。

「お前、そんなひどい顔晒して帰って来たのか」

——ほらきた。

健斗には、関係ない——そう反論しようとしたとき、肩に置かれていた常盤の手が、突然ぐいと文月の頭を掴んだ。

——へ？

それから健斗の視線から隠すように、文月の顔を半ば強引に自分の胸元へと引き寄せる。不意を突かれてよろめいた文月は、常盤の胸に本日何度目かのダイブをした。

「ぶっ」

「ああ、ごめんごめん。ちょっと面白くなくて、力加減間違えちゃった」

常盤は、くす、と笑いながら耳元に顔を寄せてそう囁くと、文月の頭越しに、さらりとこう言った。

「彼女をこんな顔にさせた責任を取って送って来たんだ。晒すなんてこと、させてきたわけないだろう？」

「あんたが文月を泣かせたのかっ」

健斗が喰ってかかる。自分こそ、文月を散々泣かせるようなまねをしてきたというのに。

「……泣かせた、ね」

常盤は思わせぶりにそう言って、文月のつむじに唇を押し付けた。

——はいぃっぃぃいっ!?

ここ、駅の改札の真ん前なんですけど。文月は、ぴきん、と硬直する。

それに乗じたように、常盤の手が文月の髪を梳き、弄ぶ。

「そう、僕が泣かせた。文月ちゃん、彼にその理由を話した方がいい？」

いやいやいや『僕が泣かせた』って、その言葉の選択に異議ありっ！　っていうか何だかわからないけど、どさくさに紛れてキスされたり（頭にだけど）、名前で呼ばれたり、髪を梳いていたはずの手が腰に回って、だ、抱き締められちゃってるんですけど、何故ーっ⁉

「――ああ、必要ない？」

混乱して何も言えない文月を抱きかかえるようにして、常盤が歩き出した。

――えっ？　えっ？　えっ⁉

「おいっ！　待てよっ！」

健斗が焦ったような声を上げて追い縋った。すると、常盤は文月を抱えたままピタリと足を止めて、まるで感情の籠らない声で肩越しに言い放つ。

「君は、関係ない」

それから足早にロータリーに向かうと、停まっていたタクシーに文月を押し込み、後から自分も乗り込んだ。

「あ、あの、歩いて帰るって……」

「オオカミの前に、みすみすウサギを置き去りにする狩人がいると思う？　ほら行き先、運転手さんに言って」

オオカミ？　ウサギ？　狩人？

「ええと、それに、常盤さん何で一緒に乗り込んでるんですか？」

「保険」

――この会話は、成り立っているのだろうか？

「家はどこ？　運転手さんが待ってる」

急かされて住所を告げると、タクシーが動き出す。文月が駅を振り返ろうとすると、肩を引き戻され、常盤が覆いかぶさるように身を乗り出してきた。

「――ふおっ？」

背を仰け反らせて座席に沈んだ文月は、目を瞬かせる。

――近いんですけどっ。

薄らと笑みを浮かべているのに、笑っていない常盤の目が、じっと文月を見据えている。

「気になる？」

「そ、ういうわけでは」

「あれは、元カレ？」

「何ですと？」

どの辺をどう誤解したらそんな解釈に？　文月はまじまじと、常盤を見つめ返した。暫し沈黙が流れる。

「――何をやってるんだ、僕は」

常盤は隣の席に勢いよく戻ると、窓の外を眺めながら髪をかき乱した。いつも淡々として感情の波をほとんど見せない常盤が、珍しく動揺しているように見える。

文月は座席に埋まったまま首を傾げ――ああ、なるほど、と納得した。つまり常盤は、文月が元カレに絡まれたと勘違いしたのだ。先ほどの芝居がかった振る舞いは、それ故であったのだ。そして今、その誤解に気付いて気まずく感じている――

よいしょ、と座席に座り直し、文月は常盤の顔を覗き込んだ。それから、ちらり、とこちらに投げかけられた視線を捉えて、大きく頷いて見せる。

――全然、気にしてませんからっ！　寧ろ、感謝したいくらいなんですっ！

「……」

「アレは元カレではありませんが、ヤツの鼻を明かしてやれたと思うと、私的には大満足の展開ですっ」

「……そうなの？」

「そうなんですっ！」

それから文月は、微妙な表情を浮かべる常盤に向かって、幼馴染である池端健斗との長きにわたる確執について語った。

健斗とは、お互いに『けんちゃん』『ふうちゃん』と呼び合い、一緒に泥団子を作った幼稚園からの付き合いだ。小学校までは、普通に仲のいい気の合う幼馴染であったと思う。ところが中学に入ると、健斗はぐんと背が伸び、加えてあの容姿だ、女の子に呼び出されては告白されるようになった。そしてまた文月も、健斗との仲を面白くないと思う女の子に、度々（たびたび）呼び出されたりするようになったのであった。

男女を越えた友情は、本人たち以外にはなかなか許容されないものだ。余計なトラブルを避けるため、文月は部活や勉強を口実に、何となく健斗から距離を置いていき——そうこうするうちに、今度は何故か健斗自身が、あからさまに文月に突っかかって来るようになったのだ。

「僕には彼の気持ちがわかるような気がするね」

常盤が苦笑まじりに呟く。

「本当ですか？　私にはさっぱりですよ」

文月は肩を竦（すく）めた。

通りがかりに投げつけられる、からかいや棘（とげ）のある言葉。その応酬。それは健斗を取り囲む目立つ男女を巻き込んで、二人の間をますます遠ざけた。

結局、中学を卒業する頃には、お互いの不仲は周囲のよく知るところとなっていた。

それでも、別々の高校に通うことになっていれば、ここまで拗（こじ）れることはなかったのかもしれない。そんなこともあったよね、と、笑って話せる日だって、もしかしたら。

「何があったの？」

「高校に入ってからも細々とありましたけど、それほどあからさまではなくなっていたんです。でも——」

そう、それは忘れもしない高校二年のときのことだ。

「仲がよかった先輩がいたんです。高校生活最後の文化祭の後夜祭だから、一緒に参加してくれないかと誘われました」

待ち合わせたのは、中庭のポプラの木の下、だった。もう何年も経っているのに、その先輩を待つ間のドキドキした気持ちも、校庭から聞こえたＢＧＭも、薄ら(うっす)と茜(あかね)に染まった空の色も、よく覚えている。

「約束の時間を過ぎても、先輩は現れませんでした。後夜祭が始まるアナウンスが流れて、軽音楽部のバンド演奏が始まって、皆が盛り上がる声が聞こえて……」

文月の話に黙って耳を傾ける常盤の顔を、街の灯(あか)りが断続的に照らし出す。

「やっと現れた人影は、でも先輩ではありませんでした」


『待ち合わせか？　にしては、随分(ずいぶん)遅くないか？　後夜祭はもう始まっている』

薄ら笑いを浮かべた健斗が、文月の前に立った。

『ああ……なるほど。すっぽかされたのか』

『……』

文月が踵(きびす)を返そうとすると、健斗がぐいと腕を掴んだ。

『あいつが、お前なんか本気で相手にするはずないだろう？』

『健斗には、関係ない』

『どうせ、からかわれたんだ』

腕を振りほどこうとする文月に向かって、健斗は尚も言い募った。

『身のほどを知れよ、文月』


「——必死だったんだな」

「そうですよ。傷口に塩を塗り込まれて、でも健斗の前では泣きたくなくて」

「違うよ、彼がだよ」

「……はい？」

文月は目を瞬かせた。

「それで彼は？」

「ああ、〝何なら、俺が一緒に後夜祭に出てやる〟とかふざけたこと口にしたので、顎に思いっきり頭突きしてやりました」

常盤がくくく、と可笑しそうに笑う。

「もちろん、慌てて逃げ帰りましたけど」

ふふっと笑って文月は続けた。

「今だから笑って話せますけど、十七歳の繊細な乙女心は血を流しましたよ。ほのかな恋心を抱いていた人にからかわれて、それを天敵に目撃されるとか。ヤツは、私が絶対会いたくないときに現れる天才なんです。今日みたいに」

「その先輩とは？」

文月は肩を竦めた。

「気まずくなって、それっきりでした。でも……」

「でも？」

「先輩の卒業式の日に、ばったり会っちゃって。〝付き合っている人がいるなんて知らなかったよ。ごめんね〟って言われちゃったんですよね。あれ、どういう意味だったんでしょう？」

「――ふぅん。彼――健斗君だっけ？　とは？」

「それ以来、できるだけ接触を避けて今に至るって感じです。大学も別でしたし、会社も離れた場所ですし」

「仲直りのチャンスさえ与えなかった？」

文月は柔らかな笑みを浮かべた常盤の顔を、きょとんと眺めた。

「仲直りですか？　そんなの向こうだって望んでないんじゃないですか？　顔を合わせれば口喧嘩みたいになるのに」

「そんな風にしかきっかけが掴めなくなった、ってことかな。まあ、いいや。取り敢えず今日は、思わぬ伏兵がいることがわかってよかったよ。知っていれば備えられる」

「ええと？」

説明を求めようとしたところで、タクシーが停まった。いつの間にか文月の家のすぐ近くに来ていたようだ。常盤が一度外に出て、文月を降ろす。

「送っていただいて、ありがとうございました。会社でのことも、駅でのことも――助かりました」

ぺこりと下げた文月の頭を、常盤がポンポンと撫でる。

「明日、ちゃんと出社できるね？」

「もちろんです」

きっちり感情を吐き出せたことで、今日の出来事を自分の中で終わらせることができた。健斗との遭遇で余計な痛手を受けることもなかった。常盤のお陰だ。

思いの外すっきりした気分でいる今の自分に気付いて、文月は大きく微笑んだ。

＊＊＊

文月の家を後にした司は、タクシーの座席に身体を預け小さくため息を吐いた。

あの男――先ほどの幼馴染だという男が司に向けた視線は、明らかに敵意を含んだものであった。

それは、彼女が泣いたのも明らかな顔をしていたからというよりは、そんな彼女の隣にいたのが司という見知らぬ男であったからだろう。これまでの経緯からか、彼女自身は全く理解していないようであるが、あれは、彼女に想いを寄せる男の目だ。どうやら彼女の周りには、公私ともにトラブルが散在しているらしい。

そうトラブルといえば。今回の一件は、野崎を煽った自分にも非があると言えた。司は眉を顰め、窓の外を流れる景色を眺めながら思考を巡らせる。こんな風に彼女に矛先が向くことは、容易に予想できたというのに。あのとき、自分は一体どうしたというのだろう。

だが結局、トラブル対応をひとりでやりきってしまったのだから、彼女も大したものだ。商品の選択も、その後の手配も、完璧だった。その上、曽根に聞いたところによれば、野崎と対峙したときにも一歩も引かなかったという。

佐久間文月は、そういう人なのだ。

とはいえ、その強張った表情を目にすれば、それが精一杯の虚勢であることも、見てとれた。きっと、誰にも見られないところで、ひっそりと泣くのだろう――

そう思ったら、司はたまらなくなったのだ。強引だとわかっていたが、ひとりで泣かせるようなことはさせたくなかった。彼女にとっては不本意だったかもしれないけれど。

それにしても。声を殺して司の胸元を濡らしていた彼女であったが、少し泣いて、いつものペースを取り戻した後のセリフは、実に彼女らしかった。

司は、くす、と笑う。

「いつもの佐久間文月で、イラッと、ね」

再び強い光を瞳に宿した彼女は、やっぱり真っ直ぐに天を仰ぐ向日葵のようで、司の目に眩しかった。

「全くあんたは次から次へと」

呆れたようにため息を吐く綾乃を軽く睨みながら、文月は口を尖らせた——

「別に、私が面倒を起こしてるわけじゃないからね。面倒の方が私を目がけてくるんだから」

明けて翌月曜、例にもれず文月は綾乃と社員食堂でランチをしている。先週野崎に仕掛けられたトラブルと、その顛末について話しているのだ。

もちろん最初は、野崎に対して憤っていた綾乃だ。しかしデトックスに話が及ぶと、彼女は何ともいえない微妙な表情を浮かべ、更に健斗との展開を聞くに至っては、「なるほど、そういうこと」と頷いて口許を引き攣らせたのであった。

「そういうことって、どういうこと？」

訝しげに首を傾ける文月を、綾乃は半笑いで「わからないなら、わからないままでよろしい」と軽くあしらう。

「そのうちわかるから」

——いや、わからないまま捕獲されるのか？　綾乃は箸を止め、ぼそ、と呟いた。

「え、何？」

「いや、何でもない。——常盤さんは策士だからな」

「騎士？　そういえば、曽根さんも常盤さんのことそんな風に呼んでたな」

かぼちゃの煮つけを頬張る文月に向かって、綾乃は苦笑する。

「いや、違うけど。まあ、騎士って思いたいならそれでもいいけどね」

「守ったのがこんな私風情じゃ、騎士の名折れだよね。ゴメンナサイって感じ？　あはは」

文月は、綾乃の憐れむような視線に笑いを引っ込め、あれ？　と目を瞬かせた。

「やだ、もしかして紳士って言った？　確かに、あの場で私を見捨てずに踏み止まってくれるなんて、紳士の鑑かも」

「いやいやいや、違うと思うよ。あんた、ちょろすぎ」

「何だとーっ！」

外堀埋められかけてんのわかってんのかね、この子は、と綾乃が思っていたことなど、文月は知る由もない。

「ちょっと前まで、常盤さんのこと苦手にしてたくせに」

文月は、ぐ、と詰まった。

「――だって。健斗に似ていたんだもん」

そう言って、アジフライにかぶりつく。

「はぁっ？」

「見た目もだけど、それだけじゃなくて。いつも私が見られたくないって思うようなときに現れて、何を考えているのかわからない、でも意味ありげな視線で見るところとか、似てたのよ。私が落ち込んだり困ったりしているのを、遠くからただ面白がって見ているんだと思ってた」

綾乃は身体を起こして、まじまじと文月を眺めた。

「いつも、ね。でもって、意味ありげ、なわけだ。——わかってんだか、わかってないんだか」

「わかってるよっ！」

文月はテーブルに身を乗り出した。

「常盤さんは、本当に困っているときには、ちゃんと頑張れるように背中を押してくれる人だよ」

綾乃は、はあっとため息を吐くと手を伸ばし、文月の頭をぽんぽん、と撫でた。

「それは正しいんだけど、正しくないというか……」

「何がよ」

「ま、でも、そんなことがあった割には元気で何より」

「適当に誤魔化そうとしている気配がするぞ」

「気のせいだって。ほら、早く食べよ。更衣室行くんでしょ？　時間なくなっちゃう」

＊＊＊

営業は基本スーツなので、更衣室はあまり利用しない。今日のように、ストッキングを引っかけたりしないことには。綾乃と並ぶロッカーを開けて、ストッキングの予備を取り出していると、背後で聞こえよがしに噂をする女たちがいた。

「何かまたトラブル起こしたんだって、営業の新人の子」

「聞いたー。ちゃんと仕事しろって感じだよね」

「他の営業に取り入ったり、企画のプロジェクトに首突っ込んだりして図々しいんでしょ？」

「男に取り入って成績上げようとするなんて、凄くない？」

隣で化粧直しする綾乃の眉間に、皺が寄った。

「雑魚の言うことなんか、気にするんじゃないわよ」

自分のことじゃないのに、自分のこと以上に腹を立ててくれるのだ。

――よっし！

自分の中の弱くて情けない部分は、デトックスで全部出し切った。強く賢く戦うのだ。自分の言葉で、正面から。

『悪意の理由をいつまでも自分に探すなんて、ナンセンスなんじゃない？』

常盤の声に、背中を押される。

――ガシャン。

文月は大きな音を立ててロッカーのドアを閉め、噂話に興じる女たちを振り返った。

制服を着ていることから、どうやら事務職のようだ。文月とは直接関わりがない彼女たちが、何故こんな悪意に満ちた噂をするのかといえば、それは超人気物件である曽根だったり常盤だったりと並べて取りざたされる文月への下らないやっかみにすぎない。

「その噂、私も聞きましたっ！」

見知らぬその女たちに向かって、ぶん、とパッケージに入ったままのストッキングを突き付ける。

文月に声を掛けられたことにも、突き付けられたモノにも、彼女たちは僅かに怯んだ様子を見せた。

「でもそれ、間違ってます。トラブルを起こしたんじゃなくて、トラブルに巻き込まれたんですよ」

文月は天真爛漫（てんしんらんまん）を装（よそお）い、にっこり笑ってみせる。

それから、パッケージをぺりぺりと開けて、ストッキングを引っ張り出した。

「それに、営業って数字とってナンボの仕事です。ご存じだと思いますけど、週単位、月単位、四半期、半期、通期で実績が個人名で管理されているんですよ。それを――」

伝線したストッキングを脱ぎ捨てながら、文月は話し続ける。

「ちょっと取り入ったくらいで、人の数字を上げることに協力すると思います？　この本社で、やり手と言われるような人たちが？　まさか！　ですよ」

文月は肩を竦（すく）め、新しいストッキングに足を通しつつ、女たちをちらりと見上げた。

「皆、鎬（しのぎ）を削ってるんです」

どうやら、分が悪いと気付いたようだ。そわそわと更衣室から脱出する機会を窺（うかが）っている気配がする。

――そう簡単に逃すかっ！

「そんな噂を流す人は、営業のことを全く知らないか」

ぴ、と脚を女たちの方に伸ばして、ストッキングをたくし上げる。

「実績を上げられないへっぽこ営業が、妬（ねた）んで足を引っ張ろうとしてるかですよ」

文月は、くいくい、と脚を振って見せた。

「何なの、あなたっ」

そんな憎々しげな呟きを耳にして、文月はすっと身体を起こした。

「何なのって、そりゃあ、噂の主ですよ」

ご存じでしょう？　と首を傾けて薄く笑う。

「誰を敵に回したのかよくわかってらっしゃらないみたいですから、一応申し上げておきますけど」

もう片方の足をストッキングに突っ込みながら、文月は続けた。

「営業と企画のエリートの体面を傷つけて、そのままで済むのかよく考えた方がいいですよ。噂の出所、探すかもしれませんよね、彼らなら」

ついでに営業管轄の常務あたりも動くことがあるかもしれませんよね、フットワーク軽いし、と呟くと、文月の鼻先を女たちが凄い勢いで通り抜けて行った。

「おっと」

不安定な体勢で、ぐら、と揺れた文月の腕を、綾乃がぐいと支える。

「——今、文月の背後に、常盤さんの影が見えた」

「やっぱり、黒かった？」

顔を見交わして、ぷ、と二人で笑う。それから綾乃が、呆れたように呟いた。

「全く、ストッキング穿(は)きながら喧嘩売るなんて信じられない」

「売ったんじゃないもん。買ったんだもん」

「……」

「何よ」

「ほら、さっさと穿いちゃいなさいよ」

「ああっ！　伝線してるっ！　なんでっ？」

＊＊＊

「――なかなか外連味たっぷりの出しものだったらしいね」

「ひぅっ！」

文月は椅子の上で飛び上がった。

会議漬けだった午後を過ごして、今は終業間近である。ばっと振り返ると、常盤が薄い笑みを浮かべて立っていた。

「と、常盤さん、背後にこっそり立たないで下さいよ。びっくりするじゃないですか」

「佐久間さんが集中していて気付かなかっただけでしょ。僕は普通にここまで歩いてきたし。ね、曽根さん」

「そうだな。で？　何だ、その出しものとやらは」

「ああ、今日の昼休みに、女子更衣室で――」

「何で知ってるんですかっ!?」

常盤はシレっと答えた。

「そこに企画の子がいたから」

「……げ。気付かなかったです」

「うん。ロッカーの陰からこっそり様子を見ていたらしいよ。得物(えもの)はストッキングだったって言ってたけど」

「いやいやいやっ」

文月は思わず立ち上がって、常盤の口許(くちもと)を手でぐ、と押さえた。常盤が目を見開いて、文月を見下ろしている。

「……そこ、いちゃつかないでくれるかな」

曽根の面白がるような声で、文月は我に返った。

「すっすみませんっ！」

——何をしてるんだ、私っ！　かっと頬が熱くなるのがわかった。常盤に触れた掌(てのひら)も。

色々あったにせよ、いつの間にか常盤との心理的な距離がぐっと近くなっていることに気付いて、文月は動揺した。

あのとき、野崎が席を外していたのは幸いだった。まあ、だからこその常盤の軽口だったと思われるが。

それにしても、綾乃に言われるまでもなく、ちょっと……じゃないかもだけど、優しくされたくらいでこんな風に懐いちゃうなんて、お手軽すぎるんじゃないだろうか？　ここは！　きっちりと！　胸借りて泣いといて何だけど、それはそれ、これはこれ、とだな。ビシッと一線を引いて、大人の女の対応をしないことには！

そう、仕事なんだし。

はふ、と電車の車窓に映った自分に向かって、文月はため息を吐く。

……大人の女は、あんな風に格好悪くぐずぐずに泣いたりしないとか、突っ込むのはやめておこう。ヘコむ。

常盤は例のソープディスペンサーを、風邪やインフルエンザ対策での需要を見込んで前倒しで進める意向を伝えに来た、と言っていた。もちろんそれは既にメールでも知らされていたから、実際のところは文月の今日の武勇伝を小耳にはさんで、様子を見に来てくれたということなのだろう。

そんな風に心配されてしまうなんて、大人の女どころか社会人としても、まだまだということだ。いつかこういったことも、「佐久間文月らしい話だ」と笑って聞き流してもらえる日がくることを、切に願いたい。

電車が駅に滑り込む。文月は人波に流されるようにホームに降り立ち、階段に向かった。帰宅ラッシュのピークからはだいぶ外れているが、この沿線は常に混んでいるのだ。

ソープディスペンサーについては、試作と並行して取扱いを委託する会社との契約交渉も本格化している。足元を掬われかけたが、文月は文月に与えられた役割をしっかり果たして、今回の企画に貢献していかねばならない。そしてまた、この経験を今後の営業活動へと活かすことを期待されてもいるのだ。

――そう、経験を活かすといえば。

ちょうど今、営業をかけている和手ぬぐいを製造販売する会社には、プレシジョンに対するアプローチと同じような方法がとれるかもしれない。既成のものを扱うのではなく、取り扱い会社限定のオリジナル商品を作ってみるとか……。図柄を思いっきり洋に振るというのも面白いかもしれない。提携企業を選べば、その伝手で海外のテキスタイルデザイナーと組むことも可能かも。いや、うちの会社主導で引っ張ってこられるかも。

改札を通り抜け、駅前広場に足を進める。

そんなことをつらつら考えながらだったので、文月は突然目の前を立ち塞がれるまで、全く気付かった。

「おっと、すみませ――」

衝突をどうにか回避すると、文月は目の前の障害物を見上げた。

「――ん、って健斗？」

スーツ姿の健斗が、僅かに息を荒くして文月を見下ろしている。

「なんだ」

文月はあからさまに眉を顰めて障害物を避けると、歩き始めた。

「おいっ！」

健斗が追いかけてきて、肩を並べる。

「いつもこんなに遅いのか」

「まあね」

「ひとりじゃ危ないだろう。睦月に迎えに来てもらえ」

大学三年の文月の弟、睦月は、バイトやら何やらで家にいないことも多い。自分だって大学生のときにはそうだっただろうに、何を言ってるんだか、この男は。

「もっと遅ければ、迎えに来てもらうなりタクシーを使うなりするけど、人通りも車通りも店も街灯もあるし。それに私は、健斗がお付き合いするような見るからに女っぽいタイプじゃないですから、ご心配なく」

振り切ろうと足を速めたものの、健斗は涼しい顔で隣を歩いている。

「昨今では、小学生だってそういう目的でかっ攫われる時代だ」

「よーしっ！　その喧嘩買ったっ！」

文月は足を止め、スーツの背中を睨みつけた。

数歩先で振り向いた健斗は呆れたような表情を浮かべ、これ見よがしにため息を吐く。

「何よ」

「お前、馬鹿か。センテンスとして重要なのは〝かっ攫われる〟であって、〝小学生〟の方じゃない」

「言葉の選択に悪意を感じる」

どうせ私はその程度ですけどね、と言い捨てて、文月は健斗の横を通り抜けた。その数歩後ろを健斗はついてくる。

「ついてこないで」

「俺ん家もこっちじゃん」

「ずっと会わなかったじゃない。どこかで独り暮らし始めたんじゃないの？」

「地方で工場研修だったんだよ、九月まで」

「ふぅん」

「俺んとこメーカーだから、自社製品を作る現場をまず経験せよってさ」

「なるほど。楽しかった？」

「まあ、それなりに。お前は商社だろう？　何をやってるんだ？」

「営業」

「はぁっ⁉　希望したのか」

「色んな部署回されて、最終的に営業に配属されたんだけど、希望していた職種のひとつ」

「俺も営業だけど――。自社製品を売るのと、仲介するのとでは、ちょっとニュアンスが違うか」

「仲介もするけど、最近は新しい事業を立ち上げたりする方にシフトしているかな」

「へぇ」

ぎこちない沈黙が流れる。一緒に楽しく家路を辿るほど、二人は親しい間柄ではないのだ。十代の頃に起きたあれやこれやを消化しないまま、距離ができ、時間が過ぎてしまった。

「――文月」

黙々と歩いていると、ぼそり、と呼びかけられた。

「何」

「あれは――何者？」

「あれとは？」

わかっていて敢えてそう問い返す。微かに苛立った声が、食い下がった。

「あの、お前を拉致って行ったヤツ」

「拉致って……」

文月は、なんだそりゃ、と笑う。健斗は足を速めて再び文月の横に並んだ。ストライドの差を回転で補おうとしていた文月の努力は、呆気なく無に帰す。

「健斗には関係ないよ」

「……泣いていただろう」

文月は肩を竦める。

「正確に言えば泣いた後だったけど、それも健斗には関係ない」

「お前、悪い男に引っかかってるんじゃないだろうな」

「おうおう、悪い男の典型のようなあんたが何を言う。アタシは健斗が女の子を泣かせてるとこ、散々見てきたよ」

ちらりと視線を向けると、健斗はムスッと口を引き結んでいる。

――謎だ。

何だかよくわからないが、どうやら心配してくれているらしい。茶化されることも、絡まれることもない。文月は、小さく首を傾げた。

「……あのさ。〝泣く〟にも色んな〝泣く〟があるでしょ？　悲しくて泣いたのかもしれないし、悔しくて泣いたのかもしれないし、嬉しくて泣いたのかもしれない」

「お前は何で泣いた」

悔しくて、辛くて――そして、励まされて、だよ。

「さあね」

「あいつは、自分が泣かしたと言っていた」

「まあ、そう言えなくもないというか、何というか」

あのとき胸を貸してもらえたから、泣くことができた。

「それじゃわからない」

「わからなくて結構ですっ！」

文月の家の灯りが見えてきた。

「遠回りしたんじゃないの？」

「こういうときは、〝送ってくれてありがとう〟って言うんじゃないのか」

思わず文月は足を止めた。

「キミは送ってくれたのかっ？」

「何その言葉遣い」

「いや、ビックリで。この間の状況をシッコク聞くうちに、ウッカリここまでついて来てしまったのかと……」

目を瞬かせる文月に、健斗は苦笑いした。

「そういう目的があったことも、否定しないけど」

それから思いの外真剣な表情で、文月の顔を覗き込む。

「――あれは、何者？」

健斗が再び問う。

常盤は――何者、だろう？

文月は目を瞬かせた。少し前まで苦手な先輩社員で、少し前から文月の心にそっと寄り添ってくれている、青いストライプの――

「ハンカチ」

「はっ？」

謎な思考回路に落ちかけて、文月は慌てた。お手軽すぎるって、さっき自分でも自分を窘めたところなのに！

「送ってくれたなら、ありがとう。健斗も気を付けて帰りなよっ」

取り繕うようにそう言って、文月は家に向かって歩き出した。

「おい、待て、文月！」

振り向いた文月に健斗は言った。

「この間は偶然だけど、今日会ったのは偶然じゃない」

「――へ？」

「俺は、駅でお前が帰ってくるのを待っていた」

「待っていた？　――何で？」

「さあ、何でだと思う？」

健斗は質問に質問で答えると、ニヤリと笑って背を向けた。

「じゃあな！」

「全然わかんないよっ！」

「お互い様だ。わっかんねーよ、何だハンカチって！」

――謎だ。

健斗の後ろ姿を見送りながら、文月は眉を顰めた。奴は待ち伏せしてまで、何がしたかったんだろう？

6　騎士の焦燥

プレシジョンでの会議に向かう途中、司は曽根、佐久間文月とともに昼食をとっていた。

四人掛けの席、司の横に座った彼女は、親子丼をひとくち頬張ると「美味しい！」と幸せそうに頬を緩める。そして、「この間のホルモンもそうですけど、曽根さんは美味しい店をご存知なんですね！」と目を輝かせた。

夜には居酒屋になるというこの店は、外観に若干難アリ、である。しかし、昼時は美味くて安い定食を提供しているのだと言って、曽根が案内してくれたのだ。

「師匠！　ついて行きます！」

「……いいか佐久間。美味いもん食わせてやるって言われても、知らないヤツにはついて行くなよ」

曽根が半分真顔で言う。

「そこまでは胃袋に支配されてませんよ」

口を尖らせた彼女が、コール音に気付いて箸を置いた。それから、すみません、と呟いて鞄からスマートフォンを取り出す。営業先からの連絡は時間を選ばない。昼食時にそういった連絡が入ることも少なくないのだ。

しかし液晶に表示された名前を目にすると、彼女はあからさまに眉を顰めて、まだ鳴り続けているそれを鞄にぐいと突っ込んだ。

「いいの？」

司がそれを目で追いながら尋ねると、彼女は肩を竦める。

「仕事関係じゃなかったので」

「そのまま放置？」

「気付かなかった、ということですよ」

彼女は目をぱちぱちと瞬かせ、司に向かってにっこりと微笑むと再び箸を取り上げた。

「さては男だな。女って、こんなちんまいのでも女なんだな」

曽根が茶化す。

「その〝ちんまい〟に異議ありっ！」

ちんまくて幼げな印象だが、彼女は非常に頭のキレがいい。仕事に関していえば、目配りと気配りと、先を読もうとする冷静さがある。それに、精神的にもタフだ——例の野崎の件を見てもわかるように。まだまだ経験値が少ないが、優秀な営業になることは間違いなかった。

どうやら曽根は、生臭い感情を抜きにして、彼女と一緒に仕事をすることを楽しんでいるようだ。

もちろん、からかうことも。

「男からというのは否定しないんだな」

彼女は親子丼に舌鼓を打ちつつ、肩を竦めた。

「別に、そういう色っぽい話じゃありませんから」

つまり、男からの電話だったというわけだ。司は一瞬箸を止めた。

「プライベートで男が絡んでいるのに、色っぽくない話とかあるのか」

「曽根さんは、プライベートで女性が絡むと、全部色っぽい話になっちゃうんですか」

「まあ、九割方そんな感じか？」

「残りの一割は？」

「色っぽい方に持っていこうと、あれやらこれやら画策するアソビの部分」

「うっわ。今、鳥肌立ちました」

ブルブルと身を震わせるふりをする彼女に、曽根がさり気なくかまをかけた。

「変な男に引っかかってるんじゃないだろうな」

「やだもう。この電話の主も同じことを私に言ってましたよ」

そんな危なっかしく見えるんですかね、私はっ！　と、彼女は息巻く。

司は片眉を、ぴくりと跳ね上げた。

「そんなやり取りをするなんて、やけに親しげだね」

それとなく彼女に探りを入れる。

「単なる幼馴染（おさななじみ）ですけど」

「――それは、この間の彼？」

興味深そうにこちらを窺（うかが）う曽根の視線を意識しつつ、司は問いを重ねた。が、彼女は、その辺りのセンシティブな空気を一切認識せず、天真爛漫（てんしんらんまん）に答える。

「そうなんですよ。常盤さんに送っていただいたあの日以来、何度か駅でばったり会って」

彼女は、彼女の幼馴染なる男の不可解な行動について、ため息まじりに愚痴（ぐち）り始めた。その話を聞くにつれ、頭が痛くなってくる。全く、どこが『単なる』幼馴染なんだか。彼女はその手のセンサーがどこか壊れているんじゃなかろうか。

そう思いつつも、司はあくまでもソフトにこう問いかけた。

「そんなに疎遠だったのに、彼は何で佐久間さんのスマートフォンの番号を知っているの？」

「何度目かに遭遇したときに、強引に名刺を渡されたんです。個人データが入ったのを。ほら、営業で新しく名刺を作ってもらったときって、友達に渡したくなるじゃないですか、私もやりましたけど。ヤツも十月に作ったばかりの名刺を、早速配りたかったんじゃないですかね。あ、それまで工場研修していたんだそうです。だから、私の方が営業としては先輩なんですよ！」

「それで？」

曽根は横を向いて、ぶふっと噴き出した。司は一瞬それに冷たく視線を飛ばすと、話を促(うなが)す。

「〝俺の個人データをお前が持っているのに、俺がお前の個人データを持っていないのは不公平だ〟とか言われて……」

「簡単に渡しちゃったの？」

「まさか！　常盤さんもご存知の通り、いわくつきの幼馴染(おさななじみ)ですよ？」

彼女は司に向かって、目を大きく見開く。

「その場で名刺を突っ返して、〝そんなご大層なものいらない〟って言ったんですけど——常盤さん食べないんですか？　冷めちゃいますよ？」

くっくっく、と可笑(おか)しそうに笑った曽根が、助け舟とばかりにその後を継いだ。

「常盤、ほら食え。で、佐久間。突っ返したはずの名刺はどうなった」

彼女はうんざりしたような表情を浮かべた。

「何日かして、〝お姉(ねえ)に渡しといてくれだって―〟とか、弟が伝書鳩(でんしょばと)よろしく私宛てに持ち帰ってきちゃったんです。積極的にではないですけど、受け取ってしまったら一応連絡しないわけにもいかないじゃないですか」

　本人はわかっていないようだが、かなり積極的なアプローチなんじゃないか？　確かにその幼馴染には、過去の経緯というビハインドがある。とはいえ、本気になられたら向こうに地の利がある分こちらにはハンデだ。表情を抑えようとしたが、眉間に薄らと皺が刻まれるのがわかった。伏兵は、思いの外フットワークがいい。――いや、あの日、自分の存在を目の当たりにして危機感を抱いたか。彼女を抱き寄せた司に向けられた、尖った視線。――またしても自分は、敵を見誤ってしまったのかもしれない。司は内心で舌打ちする。

「呼び出されるなよ」

「はい？」

　曽根が続ける。

「会社帰り。休日。その気がないなら会うな。教えてやろう。男は、何とも思っていない女の個人データを欲しがったりしない」

「ヤツ相手にその気もどの気もありませんて。あっちだって、その気何の気って感じじゃないですか？　あはは」

　どうやら本当にわかっていないらしい様子に、曽根は苦笑を抑えつつ、さり気なく言った。

「取り敢えず、護衛をつけてやろう」

「護衛ですか？」

ゆっくりとスマートフォンを取り出した。

「騎士様ともいう。常盤スマホ出せ」

突然話を振られて司は目を瞬かせたが、ゆっくりとスマートフォンを取り出した。

「一回、偶然とはいえ常盤に護衛してもらってるんだろう？　何かあったらこいつに頼め。一応俺の個人データも渡してやろう。一部の女性陣にとってはプラチナデータだぞ。心して扱え」

「護衛が必要なことにはならないと思いますけど。なんでアヤツ如きを危険人物認定してるんですか」

そう笑いながら、彼女は暢気にスマートフォンを弄っている。

「ついでだからＳＮＳでチャットのグループ作っておくか。プレシジョンの業務上のことは社内メールを使うが、細々したことはそっちの方が便利だろう」

既に取扱会社を挟んだ契約の締結も済んでいるから、これは曽根の方便だ。今日これから先方に出向けば、後は商品が店頭に並ぶのを待つばかりなのだから。にもかかわらず、何の疑問もなくスマートフォンを操作をしている文月を見て、司は密かにため息を吐いた。ちょっとは疑ってみようか。もしくは、躊躇うとか。さっき曽根が、『男は、何とも思っていない女の個人データを欲しがったりしない』と言ったばかりだろうに。

とはいえ。

食事を終えて店の外で曽根の横に立つと、司は小さく頭を下げた。

「ありがとうございます」

そう。これで、彼女と繋がりやすくなったのは、事実だ。

すると、曽根は肩を竦めた。

「個人的には、自分の価値や見せ方をよく知っている女が好みだが、人の趣味はそれぞれだからな」

「そういうのを気にするようになったら、彼女は彼女でなくなってしまいますから」

司が浮かべた笑みを目にして、曽根は少し嫌そうな顔をした。

「くっそ、何だか悪事に手を貸したような気分になるのは何故だ」

「さっきは騎士って言ってくれたじゃないですか。ちゃんと護衛しますよ、ご期待に違わず」

「護衛を依頼されたはずの騎士が、自分にとって一番危険な人物だとは思ってもみないんだろうな、あいつは」

「危険だなんて失礼な」

そんなやり取りを露知らず、最後に支払いを済ませた彼女が店から小走りに出てきた。

「すみません、お待たせしましたっ！」

「おお、待たされた！　行くぞ」

そう言って歩き出した曽根を、彼女は弾むような足取りで追う。曽根にその気がないということを十分承知しているとはいえ――そして、彼女がそういうつもりではないと理解しているとはいえ――あんな風に無邪気に懐く彼女を見ていると、少しばかり面白くない気分になるな、と司は空を仰いで自嘲した。

7　不穏かつ迷惑な誘い

「――はい？」

デスクの横に立つ野崎の、薄い笑みを貼り付けた顔を文月は見上げた。

「だから、接待に同席してほしいの」

「私が、ですか？」

年末は取引先との接待の席が設けられることが多いという話だったが、新人の文月が同席するようなことは、まずない。

「佐久間さんも、私と同行して訪問したことがある会社よ。接待の席にひとりで臨むことは禁じられているし、かといって他の営業に頼むにも、皆この時期は忙しいし。あなたなら、一応顔も通っている。課長の許可も取ってあるわ」

不正行為、あるいは何らかのトラブルを防ぐために、接待には上司の許可を得た上で、二人以上で参加するという社内規定がある。企業名を聞いても正直ピンと来ないが、課長の了承を得ているということであれば、文月が出て然（しか）るべきだという上の判断なのだろう。

「了解しました」

「日程と場所は追ってメールで」

野崎は頷くと、ついと背を向けた。

翌日文月は、接待は来週末に設定されたとのメールを受け取った。場所は桜井コーポレーションと、駅を挟んで反対に位置する日本料理屋とのことであった。

「怪しすぎるでしょ……」

これまでの、あまり愉快ではない野崎との経緯を踏まえれば、はいそうですかと、のこのこついて行くほど無邪気にはなれない。名刺ホルダーをひっくり返して、件の会社に実際に訪問していることをひとまず確認した。そして文月は、自己防衛本能の警告に従って、接待に同席する許可を出した課長の都築に詰め寄った。

「それで、どういった目論みなんでしょうか」

「目論みってな」

都築は苦笑した。

「和解のためオリーブの枝を差し出されたとは――」

平和の象徴、オリーブをくわえる鳩よろしくですか。胡乱な目つきの文月に向かって、都築は肩を竦め、こう続けた。

「――思えないだろうな。正直、俺もそうは思わない」

「じゃあ、何で」

都築は椅子の背に身体を預け、腕を組んだ。

「有り体に言えば、野崎を切るためだ。今までのようなことを、他所様を巻き込んだ形でまだ続けるつもりでいるならば、さすがに看過できないということだよ」

「——え？」

「保険はきちんと掛ける。俺の責任でな。お前には申し訳ないが、今回は囮だ」

「うえ」

文月がもの凄く嫌な顔をしてしまったのは、仕方のないことだと思う。

「まあ、何も起こらないかもしれないしな」

そんなことちっとも信じていないくせに、都築は涼しげな顔をして頷いて見せた。

＊　＊　＊

——さてどうしたものか。

スマートフォンを手に、文月は逡巡していた。蓋を開けてみたら、思っていた以上に怪しくて、その上キナ臭い話だった。都築の言うところの『保険』が何を意味するのかよくわからないが、文月は文月なりに、万全を期すべきなのだろう。といっても、あまり騒ぎ立てれば野崎の知るところとなって、都築の思惑から外れてしまうかもしれない。それにもしかしたら、オリーブの枝を——……文月は頭を振った。ないない。自分がこれっぽっちも信じていないことを、敢えて可能性として考慮することの不毛さに笑える。

ふう、とため息を吐いて、文月はＳＮＳのチャットグループを表示させた。原田や曽根には、都築経由で事情が伝わるだろう。

——だけど。

自分が誰からの言葉を欲しがっているのか、それを自分自身で認めるのは、何となく躊躇う。躊躇う理由を深く考えるのも、これまた何となく躊躇う。指先が画面を曖昧に行き交った。

「文月」

不意に呼びかけられて、手袋をした手からスマートフォンが滑り落ちそうになった。

「おおっとっ」

「スマホを弄りながら夜道を歩いていると、犯罪に遭う確率が上がるらしいぞ」

「考えごとをしていただけで、スマホを弄っていたわけじゃありません」

横に並んだ健斗の方を見もせずに、文月は反論した。

「ぼーっと歩くなよ、危ないだろ」

「へいへい」

文月はスマートフォンをコートのポケットに突っ込んだ。時々駅で遭遇すると、健斗は文月と一緒に帰路に着く。というか、勝手に送ってくれる。

「いいよ、わざわざ送ってくれなくて」

「大した距離じゃない」

つっけんどんな物言いだが、そこに十代の頃文月をおびえさせた、ある種攻撃的なものは含まれていない。時の流れとは不思議なものだ。幼馴染のけんちゃんと、再びこうやって肩を並べて歩く日が来るとは。ふふっと笑った文月の様子を、隣から健斗が窺っている。

「オリーブの枝を差し出されたって、こっちはちゃんとわかる」

「は？」

「何でもない」

結局、健斗の仕事の様子などを聞きながら、今日も家の前まで送ってきてもらってしまった。

「ありがとう。気を付けて帰って」

じゃあ――と文月が門扉に手を掛けると、健斗が呼び止めた。

「文月」

「ん？」

振り返ると、少し肩を怒らせた健斗が、ぶっきらぼうにこう言った。

「クリスマス――、クリスマス、どうせお前、何も予定がないんだろう」

「はあぁっ⁉　何、喧嘩売ってんの？」

「おばさんがうちのお袋に、文月は今年もフリーだって嘆いてた」

――お母さんっ！

文月は一瞬空を見上げ、それから健斗に向き直った。

「大きなお世話じゃい」

「予定がないなら、俺が付き合ってやろう」

「何その偉そうな上から目線」

「じゃあな」

「こらちょっと待て、あんたこそ予定がないんじゃないの？　ってか、何で私があんたなんかとっ」

遠ざかる健斗の後ろ姿を睨（にら）みながら、文月は門扉に寄りかかった。

――神様。

最近のお誘いは、不穏かつ迷惑なものが多すぎます。

＊　＊　＊

シャワーを浴びて自室に戻ると、文月はスマートフォンを手にしてベッドに腰掛けた。

クリスマスの件は置いておくとして、問題は来週末の方だ。こんな時間に電話をするほど親しいわけではないが、ＳＮＳでメッセージを送るくらいだったら許されるだろうか――

スマートフォンを目の前にかざしたまま、文月は、ぱたり、と後ろに倒れた。電源を入れていない液晶画面には、硬い表情を浮かべた文月が映っている。

「巻き込め」という綾乃の言葉を拡大解釈してみるってことで、いいかな。

躊躇（ためら）いを振り払うように文月は電源を入れ、ＳＮＳのアプリを起動してプレシジョンのグループを選択した。

『来週末、野崎さんの接待の席に同席することになりました』

取り敢（あ）えず事実だけを簡潔に送信する。既読マークがすぐに表示されて、曽根からメッセージが入った。

『課長から聞いている』

それから間を置かず、常盤からは問い掛けが返ってくる。

『どういうこと？』

曽根の答えは実に簡潔で、文月よりも素早かった。

『どうやら事を起こす気らしい野崎女史を、この際現場押さえて切ろうって話』

『佐久間さんを囮（おとり）にってことですか？』

『だな』

『何をやらかす気か、その辺は当たりが付いているんですか』

『たぶんな』

『危なくないんですか』

『危ないんだろうよ。だが、こうやって大っぴらにやってるうちに決着をつけておかないとまずい。潜在化したら手を出しにくくなる』

『都築課長から、保険は掛けると言われました』

文月がそう付け加えると、常盤はすかさず切り返してきた。

『保険？　そんなものが必要なほど危ない橋を渡らなくちゃいけないってわかってる？』

『わかってます』

『わかっていて受ける意味、ちゃんと考えてる？』

普段はあのおっとりとした雰囲気と柔らかな物言いで上手く隠されているが、常盤の発する言葉は案外辛辣なものが多い。耳からではなく、目から入ってくる情報になるとよくわかる。文月は指が止まった。

『まあ、課だけでなく部としても手を打つことになるだろうが、別口で明日にでも作戦会議を開くか』

曽根がさらりと助け舟を出し、常盤がそれに答える。

『了解』

『佐久間は同期の二人に連絡をとっておけ』

当事者の文月を飛び越したところで話は進んでいく。

『すみません、お手数お掛けします』

『おう。乗りかかった舟だしな』

『あの、明日は金曜で週末ですが』

躊躇いがちに文月が指摘すると、常盤がすぐさま反応する。

『何か予定があるの？』

うう、怖いー。反語表現的な？「何か予定あるの？　いやまさかないよね？」って感じ。

文月は思わずスマートフォンをちょっと遠ざけた。そんなことをしたところで、何の意味があるわけでもないけれど。

『いえ私ではなく、お二人や皆の予定があったら申し訳ないと』

『こんなときは遠慮しなくていい。じゃあ明日』

曽根がそうやって切り上げた。

『また明日』

常盤がそれに続く。

『ありがとうございます。明日、よろしくお願いします。お休みなさい』

文月もそう返して、画面を閉じる。

不安な状況を知ってもらえたことで少しほっとして、甘い心構えを指摘されたことで少しへこんだ。

酒が入る席でのトラブルは、学生時代にも度々目にしてきた。だが、それはあくまでも傍観者としてである。取引先が同席する場で、野崎は一体何を仕掛けようとしているのだろう？

——ピンポン
再び、軽やかなＳＮＳの着信音が鳴り、文月は寝転んだままスマートフォンを操作した。グループではなく、常盤個人からの着信だ。

『今、電話しても平気？』

「——へ？」

間抜けな声を出して、文月はスマートフォンを眺めた。

『もう少し詳しく聞かせて』

文月はベッドから、がばっと起き上がった。

先ほどプレジジョンのグループを使ったのは、野崎を巡る経緯をよく理解している曽根と常盤に相談したかったということもあるが、どこまで営業部、もとい文月の事情に常盤を巻き込んでいいのかわからなかったからだ。既読スルーもやむなしのつもりだったのだけれど。

『お待ちしてます』

そう返してから、文月はスマートフォンを片手に首を傾げる。

ええと、でも何だろう。先ほどのやり取りを振り返ってみるに、お説教コースなのかな。プルル、と鳴ったスマートフォンのコールに、文月は少し身構える。

「佐久間です」

しかし最初に文月に向けられたのは、思いがけず気遣わしげな声音であった。

『大丈夫？』

――どうしてこの男性は、こうやって簡単に文月の心に踏み込んできてしまうのだろう。

文月は、一瞬言葉に詰まった後、ぼそりと呟いた。

「……怒られると思ってました」

『怒られる？』

「はい。何考えてるんだ、甘いって」

『甘いと思うよ。野崎さんが手加減するとは思えないからね。でもまあ、受けざるを得なかったんだろうけど』

「はい」

『受けたはいいけど、追い込まれたような気持ちになって、ちょっと不安だった――違う？』

「……その通りです」

常盤は小さくため息を吐いて言葉を継ぐ。

『こんなことを許した都築課長に対してはそれなりに思うところがあるけれど、それを僕が言ってもね。で、どういった経緯でそういう話になったの？』

常盤の問いに、文月は野崎からの申し出と、それを許可した都築の意向を説明した。

『その会社、何を扱っているの？　調べたんでしょ？』

「もちろんです」

接待と言われても、だいぶ前に、それもたった一度顔を出しただけの会社だ。名刺を確認した後、ネットで取扱品目と業績などをざっとチェックした。

「和食器の企画製造販売みたいな感じですかね。デパートというよりは、スーパーで扱われるようなタイプの」

『ふぅん。都築課長の目論みから外れるかもしれないけど、接待の場で企画を提案してみれば？』

「面白いかもしれないですけど、まずは野崎さんを何とかしたいです。いつまでもこうちょくちょく手を出されるくらいならば、この機会にいっそ方を付けてしまいたい――とか思っていて」

『男前なセリフだね。ちょっと安心した。佐久間さん自身がそういう気持ちでいるならば、何とかなるのかな。ところで、お酒はいける口なんだっけ？』

「はい、ワクです」

『ワク？』

「ザルの網さえないって、学生時代に言われました」

『……それはまた』

スマートフォンの向こうでクスクス笑う声が聞こえた。

「母が九州出身なんですが、本人によれば〝焼酎を産湯に使った〟とかで、私はその血を受け継いでいるらしくて」

『取り敢えず潰される心配はしなくていいんだね。それは野崎さんも知っているの？』

「たぶん、ご存知ないかと」

『じゃあ、それは伏せておいて』

「はい」

そのとき、だだだっと廊下を駆けて来る音が聞こえて、文月の部屋のドアが勢いよく開かれた。

「お姉っ！　クリスマスにデートって本当かよっ！」

――げ。

「――あ」

ドアを押し開いたまま一瞬固まった睦月は、やべっという表情を浮かべてそのまま引っ込もうとした。

――お前も言い逃げかっ！

思わず投げつけた枕が、ぼふん、と閉まったドアにぶつかり床に落ちる。文月は沈黙した電話の向こうに向かって、慌てて声を掛けた。

「――ええと、違うんですっ」

ところが閉じたドアは再び開き、顔だけ覗かせた弟がスマートフォンを耳にあてる真似をしてニヤリと笑う。

「それ、彼氏？」

冷やかすようにそう口にすると、答えを待たずに逃げて行く。

「睦月っ！」

咄嗟に振り上げた手がスマートフォンを握っているのに気付いて、文月は、やばっ、と耳元に戻した。

「すみませんっ、話の途中で……あのっ」

何の話だっけ？　焦る文月を他所に、電話の向こうからはおっとりした声が聞こえてきた。

『クリスマスの』

「そうっ！　クリスマスのっ……では、なくて、ですね」

文月は髪に手を突っ込んで、身悶えた。そうですよね。聞こえてましたよね、当然。

『デートの話』

ちーがーうーっ！

「それはまだっ」

『――まだ？』

おっとりとした声に、僅かな険が含まれたような気がして、文月は狼狽える。

「誤解なんですっ」

『——誤解？　何が？　クリスマスのデートが？』

「そうなんですけど、そうじゃないんです」

『よくわからないんだけど』

「デートじゃなくて、単なる予定なんです」

それも、未定の。

『それは何か違うの？』

「違いますっ！　全っ然っ、違いますっ！」

『ふぅん』

そこはかとない圧力を感じる沈黙が流れる。全く無関係であるはずの常盤に、事情を説明しなければならない気持ちになるのは何故だろう。

「……その、実は例の幼馴染とは母親同士が仲がよくて、ですね」

『うん』

「うちの母が、文月は今年のクリスマスもフリーだとか何とか愚痴ったらしいんです」

『今年も』

「そこはスルーしていいところですから」

電話の向こうから、くす、と微かな笑い声が聞こえた。

「で、それが幼馴染に伝わったらしくて、今日、駅から一緒に帰って来たときに――」

『一緒に？』

「え？　ああ、家の方向が一緒なので、駅で会うと家まで送ってくれたりするんです」

『――そう』

ひんやりした空気が流れたような気がしたのは、気のせいじゃない、ような。笑ってたのに、何でまた急にご機嫌ナナメに？

――謎だ。

文月はやけくそになって、一気に話した。

「それでそのとき、クリスマスに何も予定がないんだろうから俺が付き合ってやるとかふざけたことを言い逃げされたので、私にも予定があると、母経由で断りを入れようとしたところなんです」

『メールを出せば済む話なんじゃないの？』

「面倒くさいです。それに、変に追及されたらボロが出るかもしれないですし。予定は未定なので」

『――は？』

「そもそも、何で私が健斗ごときとクリスマスを一緒に過ごさなくちゃいけないんですか。あれはきっと自分の予定がないから、私を巻き添えにしようとしているんです」

『……違うと思うけど。まあいいや、続けて』

「つまりですね。私の予定はこれから作る予定なんです。ごちゃごちゃしてますけど、わかります？」

『わかったような、わからないような』

「デートではないですけど、そんなの黙っていればわからないですから。あくまでも、既に予定があるということが大事ってことで、明日にでも栗原さんを誘ってみようかと……」

『じゃあ、ボロが出ない予定を入れたらいい。クリスマス、僕が付き合うよ』

「――え？　ええぇーっ!?」

僕が付き合うとかって、何あっさり言っちゃってるんですかっ！　プチパニックを起こしている文月に、常盤は畳み掛けてくる。

『僕なら一度、その幼馴染の彼にも会ってるし。言葉に信憑性も出るでしょ？』

「そういうもの、なんでしょうか？」

『そういうものなんです』

やけに確信ありげに断言されて、文月は躊躇いつつも思わず口にしていた。

「……ええと、では、お願いします？」

『はい、お願いされました』

「あれ？」

『じゃあ、また明日』

あっさり通話が切れて、文月は呆然とスマートフォンを目の前に持ってきた。何か、また別の面倒くさい約束をしてしまった、のかも？

「――って、言い逃げかいっ！」

ぼふっとベッドに倒れ込みながら、文月は唸り声を上げた。わけがわからないんですけど。

＊＊＊

翌日の終業後、曽根が喜々として一行を案内したのは、前回のホルモンと同列のいわゆる場末のおでん屋である。本人曰く、もちろん味は保証つきの、だ。揺れるボロけた赤提灯に、常盤が「うわ、ここもまた……」と呟き、前回は参加していなかった綾乃が若干顔を引き攣らせている。

「人目につきたくないからな。会社近くの飲み屋ってわけにはいかないだろう？」

曽根がニヤリと笑う。こんな集まりがあったことを、野崎の耳に入れるわけにはいかない。

「わざわざ週末に集まっていただいて、皆さん、すみません」

テーブル席に着くと、文月はぺこりと頭を下げた。

「気にするな」

さらりと曽根が流して、飲み物をオーダーする。何やかんや言いつつ、曽根は面倒見がよく優しいのだ。だから『女性関係に難アリ』と噂されつつ、『嫌な男』とは評されない。

ビールやらサワーやらが、それぞれの前にあっという間に配られた。

「おお、ザ・コップ酒って感じですねっ！」

野暮ったい厚口グラスになみなみと注がれた日本酒を前にして、この集まりの主旨を一瞬忘れた文月は目を煌めかせる。前から伸びてきた手が、ぺち、と文月の額を叩いた。

「お前はっ！　事の深刻さをわかっているのか」

「わかってますよぅ」

文月は額を押さえて口を尖らせ、曽根を見た。

「こんなもんを初っ端から頼んどいて、何がわかってるだ」

「おでんには日本酒ですよ」

「佐久間さんは、本人によればザルの上をいくワクらしいですよ」

右隣に座った常盤が、おしぼりで手を拭きながら笑う。

「ワク？」

曽根が眉を跳ね上げた。

「じゃあ、潰される心配はないんだな？」

文月はこくこくと頷く。

「何なら潰してやります」

「あのな。飲めるからって油断するのが危ないんだ。一旦席を外したら、戻ってきたときに注いである酒には手を付けるなよ」

なにも酒で潰されるとは限らないんだからな、と原田が眉根を寄せて言った。

「わかってる。気を付けるよ」

そうこうするうちに、熱々のおでんの盛り合わせが運ばれてきて、皆の関心は一気にそちらに傾いた。

「凄い。大根が黒い」

綾乃が目を見開く。

「おう。正真正銘の関東風だ」

曽根が自分で作ったかのように胸を張った。場所柄酒飲み仕様のためか味も色も若干濃い目であるが、具材の中まで味が染みていて美味しい。こんにゃくをはふはふしながら、文月は言った。

「やっぱり曽根さんの弟子にしてほしいです」

「酒で潰されなくても、美味いもんでコロッと持っていかれそうで、そっちの方が恐ろしいよ」

常盤が笑う。

ひと通り堪能した後で、追加のおでんを注文すると、曽根が、さて、と仕切り直した。

「接待の場所は駅の向こうだったな。店、確認した？」

文月は頷く。外回りのついでに、店の所在も確かめてきた。地下にあるでもなく、怪しげな路地にあるでもなく——それを言ったら、前回のホルモン屋や、今日のおでん屋の方が、よっぽど怪しい場所にある——実に普通の佇まいの日本料理屋であった。

「取り敢えず、スマホのＧＰＳはちゃんと設定してあるか確認しておかないとな。追跡アプリも何か入れといた方がいい」

原田のセリフに文月は目を見開く。

「そこまでする？」

「用心するに越したことはないでしょ」

口を挟んだ綾乃に、常盤が尋ねる。

「栗原さん、ＩＣレコーダー総務から借りられるよね？」

「もちろんです」

「ＩＣレコーダーって……」

文月は言葉に詰まる。

「言った言わない、やったやらないの水掛け論をするつもりはないでしょ？　だったら、きちんと証拠を残すことを考えないと」

常盤の言葉に、文月は俯く。何か仕掛けてくるとわかっているつもりでいたけれど、そしてそれときちんと対峙するつもりでいたけれど――。こうやって追跡アプリだＩＣレコーダーだと言われると、今更ながら自分が直面している現実に打ちのめされる。

前から小さくため息が聞こえて、文月の前の、まだ三分の一ほど残っているコップ酒が持ち上げられた。

「すんません！　これ、出汁割りにして」

曽根がそう大将に向かって言った。

「はいよ、お待ち」

暫くして戻ってきたコップは、薄茶色の液体で満たされていた。

「ほれ、飲め」

「――これは？」

「おでんの出汁で割ってある。騙されたと思って飲んでみろ」

口に含むと、出汁の風味と塩味が広がり、次に日本酒がくっと身体を熱くした。

「美味しい、です」

励ましてくれているのだ、と文月は理解する。かじかんだ心が身体と一緒にぽっと温まった。

「そうだろう」

ふふん、と曽根は笑い、新たに運ばれてきたはんぺんに箸をのばした。それを「おお、うまっ」と頬張りつつ、言葉を継ぐ。

「ヘタるな。そんな暇があったら、自分の身を守ることと、ヤツの鼻を明かす策を考えろ」

――そうだ。わかっていて、この話を受けたのだ。ここでいい加減、方を付けようと決意していたはずだ。そして、それを手助けしようとしてくれる人が、いる。

文月は、へへっと笑って、大きく頷いた。

「はいっ！　師匠っ」

「だから誰が師匠だってんだよ。懐くな、俺に」

「――って、あれ!?」

いつの間に文月の方に身を乗り出していたのか、常盤が横から出汁割りのコップを取り上げた。

「ああっ、何で取るんですかー」

手を離れたコップを追って、文月は常盤の方にくるりと向き直る。

「味見させて。出汁割りなんて僕も初めてだよ」

その様子を眺めながら、曽根は「やってらんね」と肩を竦め「大将！　日本酒出汁割りで追加！」と声を上げた。

原田と綾乃も生温かく見守りつつ、曽根に続いて、同じものを注文した。

＊　＊　＊

おでん屋を後にした一行の最後尾で、綾乃が文月と肩を並べた。

「――物騒な話になっているけど、大丈夫なの？」

「大丈夫じゃないよ。大丈夫じゃないから、こうやって皆に助けてもらおうとしている」

「うん」

「でも、自分なりにちゃんと戦おうとも思っている。向こうの土俵に引っ張り出されて、いいようにされるなんて冗談じゃないし、そんな風に簡単にどうにかなると思われているならその鼻を明かしてやりたい」

綾乃は前を歩く男たちを眺めながら、ふふ、と笑った。

「あんたって、ヘコんだり泣いたりしながら、最後にはいつも真っ向から立ち向かおうとするじゃない。不器用といえば不器用なんだけど、だからこそきっと応援したくなっちゃうんだろうね」

「うう、ごめん。迷惑かけて」

「ありがとうでいい」

「――うん」

えへ、と笑って文月は「ありがとう」と呟いた。

「それにしても、今日は面白いものを見た」

「面白いもの？」

「常盤さんが、愛想のいい表情を崩さないまま、こめかみをヒクつかせてた、とか」

「そうだった？　隣に座っていたから全然気が付かなかったな」

何か常盤の癇に障るような出来事があっただろうか？　首を傾げる文月の隣で、綾乃が眼鏡のブリッジを押し上げながらため息を吐いた。

「……結構露骨だったと思うけど、鉄壁のスルースキル発動か。あのさ」

綾乃が文月の目を真っ直ぐに覗き込む。

「今回、言わば部外者の常盤さんが何で名前を連ねていると思う？」

「それは、プレシジョンの一件で多少なりとも関係があって、事情を把握しているから……」

「でも、これは営業部内の問題でしょ？」

「それを言うなら、綾乃だって」

「私は同期だもの」

少し先を歩いていた常盤が振り返って足を止める。それを認めた綾乃は、ぽん、と文月の肩を叩き耳元で囁いた。

「常盤さんがここにいる意味、よく考えてみなさいよ」

それから、前の集団を足早に追った。

「また言い逃げだよ」

文月の隣に並んだ常盤が、何？　というようにこちらを覗き込んでくる。ここに常盤がいる意味？　その表情をじっと見つめた後、文月は人差し指を伸ばした。

「その顔のまま、ここだけ」

常盤のこめかみに、ぴ、と触れる。

「ピクピクできます？」

「――佐久間さん、まさか酔ってる？」

こーわーいー。薄(うっす)らと笑みを浮かべた常盤から、文月はそっと指を外した。

「酔ってません……」

おおぅ、笑顔のまま怒気をまとうという高度なテクニックに脱帽。不用意に触れてしまった指先を、文月は慌ててポケットに突っ込んだ。常盤がそんな様子を眺めながら、疑り深そうに尋ねてくる。

「本当に、お酒は強いんだよね？」

「ええと、あの程度じゃ酔えません」

「……酔えない」

酔わないじゃないんだ、と常盤は口許(くちもと)をひくりとさせた。

「いや、それならいいんだ。本人が言うほど強くないんじゃないかと、ちょっと心配だったから」

「私の肝臓のアルコール分解能力を見くびらないで下さい」

「それは、失礼」

くす、と笑った常盤は言葉を継いだ。

「事に臨む覚悟はできた？」

「――どうでしょう。でも、どうにか？　避けて通れないのならば、できる限りの備えをしておこうと改めて思いました」

ＧＰＳやらＩＣレコーダーやらのハード面はもちろん、ソフト面でも――

そうだ、野崎の前でその商談相手に、夕べ常盤が口にしたように正攻法の提案で斬り込んでみるとか。であればまず、野崎の提案内容を手に入れて精査しないことには。

「ところで――……」

――スーパーやホームセンターで取り扱われる和食器。商品は、よく言えば汎用性の高い、和でも洋でも使えるようなタイプ。この手のラインは、百円均一の商品と競合して苦戦しているに違いなかった。そして、それに対抗しつつも原価を抑えるため、恐らくプリントだけ変えながら、同じ型で何年も作り続けているはずだ。大量に作り、大量に捌く。桜井コーポレーションとの取引で、更なる市場の拡大を目指しているのだろうか。それとも――。半年経った今でも、野崎は契約締結へ持ち込めていない。だからこその接待だ。――ということは。

「……――さん」

いっそ、数字で捻じ伏せてしまえ、と曽根には言われたことがあったが、この際、企画で叩き伏せてやろうじゃないの。まだ起きてもいないことに、変に神経を尖らせて過ごすくらいならば、寧ろその日を自分なりのクローズと思い定めて、情報を集め分析して……

「ひゃっ」

そのとき、眉間にすっと冷たい指が触れて、文月は飛び上がった。

「――シワが寄ってる」

「と、常盤さんっ⁉」

額を押さえて文月は仰け反る。

「すみません、ちょっと……ちょっと入り込んでしまったみたいで」

「そうみたいだね。呼びかけても、何も反応がなかった」

「ええと、何の話でしたっけ？」

慌てる文月に、常盤はにこやかに微笑んだ。

「クリスマスの話」

「――はいっ？」

いやいやいや、接待の話題から、どうやってそこに辿り着いたのでしょう？

「ああ、もちろん幼馴染の彼とのだけど」

「もしや酔っぱらってるとかですか」

思わず突っ込んでしまい、しまった、と文月は口を押さえた。

「まさか。あの程度じゃ酔っぱらわないよ、僕だってね」

「えっと」

「接待もそうだけど、クリスマスだって対策が必要でしょ？」

「対策、といってもですね、昨日の今日ですからまだ何も考えて……」

「じゃあ」

常盤が笑みを深めた。

「こういうときこそ、メールを出してみようか」

「ええー……」

面倒くさいぞ。できれば今は、接待対策に集中したい。それに、通常業務だってそれなりに忙しいのだ。

「ええーじゃなくて」

「接待が終わってからじゃダメですか」

「ダメです」

「どうせ母経由で伝わります。リターンエースってやつです」

どうだ、というように文月は胸を張る。

「そうしたらまた、駅で待っているかもしれないよ。真偽のほどを確かめるために」

「――まさか」

あは、と笑いながら常盤の顔を見上げると、常盤が片眉を跳ね上げた。

「僕ならそうするけど」

「マジですか？」

「マジです」

そうデスカ。常盤さんはそんな面倒なヒトだったんですね。断言されて文月は渋々頷いた。

気が乗らないけど仕方がない。確かに最近の健斗の行動は、予測がつかないということもあるし。

「……わかりました」

「接待対策に集中できるように、はっきり断りのメールを出しておきます」

「その際、具体的な予定を出しておくように。そうだな。本来なら丸一日がいいから祝日の二十三日を希望するところだけど、クリスマスだしね。取り敢えず二十四日、仕事が終わってからとしておこうか。それでいい？」

「は？」

「ほら、僕は昨日〝お願い〟された人だから」

「そう……でしたっけ？」

空っとぼけようとする文月に向かって、黒い笑みを浮かべた常盤がずいと迫った。

「そうだったよね？」

何この、プレッシャーがかかる感じ。

「……そう、だった、かも？」

「思い出してくれて何より」

常盤はすっと身体を引くと、満足そうに頷いて、「ほら、遅れる」と文月とともに、前の集団を追った。

＊＊＊

——さて、これは一体どういうわけだろう。

会議漬けの一日を終えた月曜の夜。といっても、いつもに比べたらずっと帰宅時間としては早いのだが——帰宅するサラリーマンで混み合う改札前で文月は足を止めた。

先週末、作戦会議と称された飲み会の後、文月は常盤にアドバイスされた通り健斗にメールを送った。

『クリスマスは既に予定あり。悪しからず』

具体的に。常盤はそう言っていたが、まるっと端折って『行かない』を前面に押し出してみました！　な簡潔文書であった。健斗からの返信のないまま週末を過ごし、なぁんだ、と真面目に悩んだことを少々馬鹿らしく思っていた文月である。

——が。

今、改札の向こうで腕を組み、こちらを不機嫌そうに睨んでいる人物はといえば——そう、健斗である。文月は思わず後ろを振り返って、奴の待ち人が自分ではない可能性を探ってみた。無駄な足掻きとはいえ。

それから、はう、とため息を吐いてみる。

メールを送ったはいいですけど、結局、真偽のほどを確かめるために、駅で待ち伏せされた模様です、常盤さん。

改札を通り抜けると、文月の目の前に健斗が立ち塞がった。

「話がしたい」

「クリスマスなら、もう予定があるって……」

「どうせ口実なんだろう？」

どことなく執拗な健斗に、文月は眉を顰める。何なのよ、もう。

そのときコンコースに、弾んだ声が響いた。

「健斗！　こんな時間に偶然に会えるなんて」

改札を駆け抜けてくる華やかな雰囲気の人物を目にして、文月はげんなりした。

――神様。全くもってこんな扱い、理不尽です。

その人物は、小走りにこちらに向かっていたが、健斗の隣に立つ文月に気付くとあからさまに顔を顰めた。きっちりと施されたフルメイクは、こんな時間だというのに少しも崩れていない。

彼女は中学の同級生だ。そしてまた、健斗の取り巻きの中心的人物でもあった。

「今帰り？　ちょうどよかった、連絡しようと思ってたの」

まるで文月がそこに存在しないかのような振る舞い。十年経ってもブレない態度で、いっそ清々しいというか。文月はひくり、と口許を歪ませた。でもまあ彼女のお望み通り、この場を早々と辞するに吝かではない。今日はまだ月曜で、忙しい一週間が始まったばかりなのだ。

文月はフェードアウトを狙って、こっそり後退る。しかし、気配を察知した健斗に、がしっと腕を掴まれた。

「今年のクリスマスなんだけど、また皆で集まらない？」

彼女はそんな文月にちらりと目をやりながら口にする。

おお、それはそれは！　これで健斗も寂しいクリスマスを過ごさないで済むじゃないの。

文月は健斗の手を振りほどこうと、腕をじたばたと動かしてみた。ところが健斗は、文月を掴む手に更に力をこめ、面倒くさそうに言い放つ。

「悪いけど、予定があるから」

「ってもっ！　なかなか集まる機会もないし、久々に中学のときの仲間と……」

「あのさ。前にも言っただろう？　地元のヤツらとの繋がりもそりゃあ大事だけど、何年かに一度会うくらいで十分だ。お前だってそうなんじゃないか？」

彼女の顔にははっきりと、違う、と書いてある。十年越しの想いは、叶うことがないまま今も尚そこにあるのだ。それなのに、健斗は容赦なかった。

「俺には高校にも大学にも今は会社にも、それなりに付き合いのある仲間がいる。でもって、そういった仲間より優先するヤツだっているわけ」

――いや、何だってそこで私を見るのさっ。

彼女が文月をキッと睨み、ぐっと踏み込んで来る。

――うっわ、やっぱり巻き込まれるパターンだよ。

「あんた、まだ健斗に付きまとってるわけ？」

文月はため息を吐きつつ、その強い視線を真っ直ぐに受けとめる。

「昔も今も、健斗に付きまとったことなんて一度もないよ。健斗も誤解させるようなこと言わないで」

ところが、健斗は二人のやり取りを聞き咎めた。

「まだ？　何だその付きまとうって。昔もって、どういうことだ？」

彼女はハッとして、きまり悪そうに顔を赤らめる。

すると健斗は、文月の肘をむんずと掴んだままの自分の手を示した。

「――この状況を見て」

更に、ぐい、と持ち上げられて、文月はつま先立った。

――おおぃ、こらっ！

「こいつが付きまとっているように見えるのか？」

彼女は唇を噛みしめて、もう一度文月を睨みつけると、何も言わずに、ぷいとその場を後にした。

その後ろ姿を見送りながら、文月は掴まれた腕をどうにか振りほどく。

「誤解をさせるようなことをわざわざ言って、もうっ！　私を巻き込まないでよ」

健斗の横を抜け、文月は帰路につくべく足を速めた。その後を健斗が追ってくる。

「別に誤解じゃない」

「よく言う」

ふんっと文月は鼻を鳴らした。イラつきながら足を運ぶ文月の背後で、健斗が尋ねてくる。

「お前ら、何かあったのか」

全くもって今更な問い掛けに、文月はカクンと膝が折れそうになった。いや、気付いてないんだろうな、とは思っていたけれど、お子ちゃまな男子中学生なんてそんなもんか。

「――まぁね。〝男子と女子との間に友情なんて存在するわけない。そんなの認めない〟だったかな、彼女たちが言ってたのは」

それなのに彼女が健斗から与えられたのが、その存在しないはずの『友情』だなんて不憫すぎる。

「私は昔も今も、そんなことないって信じているけど、そういった尺度を持たない人がいるってことも理解している」

「お前が中学に入ってすぐ俺と距離を置くようになったのは、そのせいだったのか？」

文月は肩を竦めた。

「狭いコミュニティだからね。無用のトラブルは回避したかったもん。自覚していたと思うけど、健斗は凄まじくもてていたから」

「俺は――俺はお前とは凄く仲がいいつもりでいたから、急に距離を置かれて混乱したし腹が立った」

「――ごめん」

「腹立ちまぎれに、随分ひどいこともした」

顔を突き合わせるたび、からかったり口喧嘩していたこと、とか？

「そうこうしているうちに、お前とどうやって接したらいいのかもわからなくなっていった」

文月は足を止めることはせずに、後ろを俯き加減で歩く健斗を振り返った。

そこにいるのは、中学生でも高校生でもない、黒いビジネスコートを着たサラリーマンだ。

――一体いつの話をしているんだか。

不意に文月は馬鹿馬鹿しくなった。

「そんなこともあったよねって笑って済ませることができるくらい、私だって健斗だって大人になったと思わない？」

スッと上がった健斗の視線が、文月の視線と絡む。

「……かもな」

健斗はフッと笑い、足を速めて文月に並んだ。長年の確執を、今ようやくお互いに乗り越えたのかもしれなかった。

白い息を吐きながら、黙ったまま肩を並べて歩く。

何の気兼ねもなくこうやって一緒にいられるのは、いつ以来だろう……そんな感慨に耽っていたというのに。

「――それで、クリスマスなんだけど」

どうやら健斗は、当初の目的を忘れてはいなかったらしい。

「もう予定があるってメールしたじゃない」

笑いながら軽くあしらおうとする文月に、健斗が食い下がる。

「俺を断るための口実じゃないのか」

「失礼なヤツ。私にクリスマスの予定があっちゃおかしい？」

「――この間の、あいつか？」

文月の肩に手をかけて健斗が立ち止まった。

「文月――ふう」

懐かしい呼び名に、文月は目を瞬かせて健斗を見上げる。

しかしそこに――自分を見下ろすその瞳に何やら不穏なものを認めて、文月は笑みを消し、じり、と後退った。

「――健斗？」

「男と女の友情は、俺だって認めている。だけど――」

不意に強く抱き寄せられて、文月は混乱した。

今、自分の身体に腕を回しているのは、つい先ほどまでは天敵だった幼馴染で。ようやくそんな過去を笑って振り返れるようになったばかりで。

「だけど俺は、お前にそういった友情を感じたことは一度もない。俺がお前に抱いていたのは、ずっと――ずっとそれ以上のものだった」

そして、文月にはよくわからないことを口にしていて。

目の前の黒いビジネスコートは――あの優しい青いストライプでは、ない。

耳元を掠める熱い吐息に我に返り、文月は健斗の腕から逃れようと身を捩(よじ)り、手を突っ張った。

「わけわかんないこと言わないでっ！　放せっ！」

「――ふう。誰のものにもならないなら、それでよかったんだ。俺のものでなくても」

文月の抵抗を封じるように、回された腕に更にぐっと力が籠(こも)る。

「いつか、もしかしたら、俺のものになるかもしれないだろう？」

「やだっ、健斗、放してっ」

「でも、あいつは、ダメだ。あいつはきっと、お前をどこかにかっ攫(さら)っていってしまう」

冷たい唇が、文月の唇に押し付けられた――

「ってぇっ」

だろうともっ。ガツッて音がしたし、手応えならぬ足応えもあった。脛(すね)を押さえて足元に屈(かが)みこむ健斗に向かって、文月は容赦なくビジネスバッグをフルスイングする。

「うっわ、よせって！」

肩にまともにその衝撃を受けて、健斗は冬の冷たい路上に手と膝をついた。顔を狙わなかったのは、武士の情けじゃ。

「なぁにが、いつか俺のもの、よっ！」

振り抜いたビジネスバッグを、今度はバックハンドで振り戻す。

「笑わせるなっつーのっ！」

「俺はマジでっ」

ビジネスバッグが、ぶん、と音を立ててその鼻先を掠めた。

これ以上余計なこと言うと、私の手元が狂うかもよっ。

仰け反った健斗が尻餅をつく。

「ふざけるなっ！　ぶわぁーかっ！」

それを見下ろしながら言い捨てると、文月はダッと家に向かって走り出した。走りながらポケットに手を突っ込んでハンカチを取り出し、一瞬重なった唇の感触を消し去ろうと、ごしごしと擦る。

荒い足音と、不規則な呼吸が夜道に響いた。

——何でもない。

これくらい、何でもない。鼻の奥がツンと痛いのは、この冷たい風のせいだ。

＊　＊　＊

何もなかったことにして、何もなかったふりをして、夕食をとり、お風呂に入り——「おやすみ」と声を掛け、部屋に戻ろうとすると。

「何かあったのって聞いてほしい？」

キッチンでお茶を淹れていた母が、手を休めないまま尋ねてきた。

暢気印の母なのだが、文月はどういうわけか上手く隠し事ができたためしがない。

とはいえ、アレをどう話せと？　頭が、あるいは心が、ソレを考えることを全力で拒否している。

文月はふるふると頭を振った。

「――そう」

肩を竦めた母は、別にいいんだけど、とでもいうような軽い調子で言葉を継ぐ。

「大抵のことは、誰かに話すことで楽になるのよ。自分の中で納まる場所がちゃんとできるの。納まる場所ができると、それに囚われることもなくなる。そのうちたくさんある出来事の中の、何でもないひとつに過ぎなくなるってわけ」

それから「おやすみ」と言って微笑んだ。

部屋のドアをぱたんと背中で閉めて、文月はそのまま寄りかかる。

「――〝納まる場所〟って」

いっそのことなかったことにしたいくらいなのに、その場所を作らないといけないのかな。それでいつか、何でもない出来事のひとつになるのを待つの？

文月は乱暴に、ぐいと指の背で唇を擦った。

向けられたのが今までのような敵愾心であったならば、絶対負けないと簡単に撥ね退けることができた。それなのに突然、まるで熱に浮かされたようなセリフを口にしながら、強い力で文月を捕らえた健斗――

ふるり、と身体が震える。

あそこにいたのは、よく知っているようでその実、全く知らない誰かだった。

文月はスマートフォンを手に取って、ベッドに腰掛ける。

確かに母の言うことは、正しいのかもしれない。考えまいとしているのに、このままでは先ほどの出来事を生々しく何度も思い返してしまいそうだ。

ＳＮＳのアプリを起動し、リストを表示させる。今回は仕事絡みではないけれど、こんな時間に連絡をしても許されるだろうか。そんな逡巡はあったけれど、文月の指先は選択を迷わなかった。

今、話を聞いてほしいのは。声を聞きたいのは――

『夜分すみません。今、電話しても大丈夫でしょうか？』

そう送信して暫く画面を見つめる。既読の表示がついて次の瞬間、文月のスマートフォンが電話を受信した。

『――何があった？』

文月に「こんばんは」も「こんな時間にすみません」も言わせずに、常盤の少し張り詰めた声が問う。その声を耳にした瞬間、そんなものがあることさえ気付いていなかったのだが、喉元につかえていた何かがすっと溶けていくような気がした。

「こちらから電話するつもりでしたのに、すみません」

『うん、構わないよ』

「あの、実は仕事の件ではなくて」

『ああ、そうなんだ』

常盤の声が、あからさまにホッとしたようなものに変わった。

『今週末の接待に意識がいっていたでしょ？　その隙を突かれたかと一瞬思った』

「すみません」

『……でも、こんな時間に連絡が来たってことは、いずれにせよ佐久間さんにとって、あんまりいい話ではないんだろうね』

――ご明察。

文月はここからは見えぬ常盤に向かって眉を下げた。

「プライベートのことなので、常盤さんに聞いていただくのもどうかとは思ったんですけど、私の事情をある程度ご存知だし、このままだと眠れそうになくて」

常盤に促されて、文月は帰宅途中に健斗との間で起きたことをぎこちなく話し始めた。

長年の不和がようやく解消されたかのように思えたこと。ところが、クリスマスの予定を巡って一瞬で元に――それよりも、もっと険悪な状態になったこと。

「……時間が経って、大人になって、お互いに距離感がうまく掴めるようになったと思ったんです。元の気安い幼馴染に戻れたんだって。それなのに突然何のスイッチが入ったのか、私には全く……」

電話の向こうで常盤がため息を吐く。

『曽根さんも言っていたでしょ？　覚えてるかな』

「〝その気がないなら会うな〟」

文月は曽根の声音を真似た。

「でも、そういう意思があって会ったわけじゃなくて、待ち伏せされていた、というか……」

『〝男は、何とも思っていない女の個人データを欲しがったりしない〟』

今度は常盤が曽根の口調を真似た。

『大事なのはそっちの方』

「そうだったんですか？」

『そうだったんですよ』

「……迂闊でした」

ふ、と笑った常盤が『それで？』と続きを促す。

「それで？」

『うん。それで、その幼馴染の彼と何があったの？』

突然身体に回された腕と、振りほどけないその力と、押し付けられた冷たい唇——

「たいした、ことでは……」

『でも、眠れなくなるようなことなんでしょ？』

「そう、ですけど」

常盤は、文月の沈黙に気長に付き合ってくれた。

「……無理矢理キスされました」

文月はやっとどうにか、そう口にする。

たかがそれくらいで？　そんな呆れたような反応が返ってくるかと身構えていると、いつもと変わらぬ穏やかな声が電話の向こうから聞こえてきた。

『——そうか。それは、怖かったよね』

「怖かった……？」

『そりゃあ、いくら幼馴染とはいえ、突然、しかも一方的に感情を押し付けられたら、怖いでしょ』

「あ……」

——そうか。

私は怖かったんだ、と文月はようやく理解する。だから必死に怒りを煽って、それ以外の感情に気持ちが向かないようにしていた。これくらい何でもないと、何も考えないように、感じないように、自分を抑えた。そんな怖いことが、自分に起こったことに怯えて——

ポロリと涙が零れた。

もしかしたら、ずっと泣きたかったのかもしれない。

「常盤さんは、やっぱり、私のハンカチです……」

『僕だって男だから、そんなに簡単に心を許しちゃいけないんだよ』

常盤が、くす、と笑う。

『でも』

「でも？」

『そうだな、今夜そんな怖いことを思い出さなくて済むように、佐久間さんを少し悩ませるような質問をひとつ』

「質問ですか？」

ぐず、と文月は鼻をすすった。

『そう。何で僕に電話しようと思ったの？　ああ、もちろん嬉しかったけど』

「それは、さっきも……」

『僕が事情を多少知っているからって言ってたよね。じゃあ、曽根さんじゃなかったのは何で？　それとも、女同士の気兼ねないやり取りができる栗原さんじゃないのは？　あるいは、幼馴染の彼を知る共通の友人とか』

「……何で、なんでしょう？」

文月は涙を拭きながら首を傾げた。

『何でだろうね。僕も、それを知りたいかな』

「はい……」

『で、明日の朝、その答えを教えて。パワーブレックファーストだよ。どこかで一緒に朝食をとろう』

常盤は時間と場所を指定し、最後に『おやすみ』と言って電話を切った。朝食を兼ねた会議——パワーブレックファースト、とか。文月は、そんな言い方をして少し距離を置いてくれた常盤の優しさを思う。それから、すん、ともう一度鼻をする。

「そりゃあ、常盤さんの声が聞きたかったから、なんだけど」

文月は通話の切れたスマートフォンに向かって呟いた。

「何でって言われても」

ねぇ？

少し早く起きなくちゃいけないし、と翌日の支度をしてベッドに入る頃には、常盤の言う通り、健斗のことは思い出さないで眠れるような気がしていた。

なくなったわけじゃないけれど『納まる場所がちゃんとできると、それに囚(とら)われることもなくなる』ってこういうことなのかな。ぼんやり母の言葉を思い返しながら、文月は思いの外(ほか)平安な眠りに落ちていった。

＊＊＊

通話を切って、司は深くため息を吐(つ)いた。

SNSの着信にすぐに気付いてよかった。こちらからの反応がなければ、彼女は仕方ないと諦めてそれ以上の連絡はしてこなかっただろう。そして、記憶を反芻(はんすう)させながら、自ら傷を深くしながら、眠れない夜を過ごしたに違いない。

その程度で済んでよかった、とはとても言えないし思えなかった。応戦したとはいえ、男の力の前で無力な自分に、彼女は心底怯(おび)えたのであろうから。こんな夜更けに、司に連絡してくるほど。本人は自覚していなかったようだが、あんなに心細そうな声を出す彼女は初めてだった。あの会議室で、司の胸で泣いたときでさえ、その言葉の端々には確かな闘志が感じられたというのに。

物凄くタフなのに、思いがけずナイーブ。そして――どうしようもなく、鈍い。

彼女は、自分が曽根でも栗原でも他の誰かでもなく、司に連絡した理由に辿り着くだろうか――

司は苦笑する。

いや。それは、期待できないような気がする。

だが、その問いが彼女にいくばくか安らかな眠りをもたらすのならば、それはそれでよし、ということだ。幼馴染(おさななじみ)だという男との間に起きたことなどに、心を波立たせることなく。

＊＊＊

指定されたのは、桜井コーポレーションがある駅から二つほど離れたターミナル駅だ。

「おはようございます」

文月は向こうから歩いてくる常盤に挨拶(あいさつ)した。

「おはよう。眠れた？」

「はい、お陰さまで」

二人で並んで、駅近のファミレスに向かう。

「僕からの質問の答えは出た？」

文月はええと、と難しい顔をする。

「ずっと考えていたんですけど」

「うん」

「常盤さんの声が聞きたいって思ったんです。何で常盤さんだったのかって言われると、よくわからないんですけど」

――あれ。

振り返ると、顔を僅かに背け口許を片手で覆った常盤が、数歩後ろで立ち止まっている。心なしか頬が赤いような気がした。

「常盤さん？」

「――いや、何でもない」

再び隣に並んだ常盤に、文月は首を傾げてみせた。

「もしかして、曽根さんでもよかったんでしょうか？」

「――それ、僕に聞くの？」

苦笑まじりに常盤が答える。

「でも、あのとき一択だったんですよ。SNSのリストを開いたとき、私、迷いませんでした。何でだったんだろう……」

ぽん、と頭を撫でて、常盤が言った。

「まあ、そんなに簡単に答えは出ないと思っていたから、もう暫く悩んでいいよ」

ファミレスは、こんな時間なのに案外席が埋まっていた。場所柄か、やはり出勤前とみられるビジネスマンが多い。席に着き注文を済ませると、徐に常盤がテーブルに身を乗り出してきた。

「これは、幼馴染の彼にやられたの？」

すっと伸びてきた手が文月の顎に掛かると、下唇にそっと親指が触れた。少し腫れぼったくて、端の方が僅(わず)かに切れているのは、何度も強く擦(こす)ってしまったからだ。険しい表情を浮かべる常盤を間近にして、文月は目を瞬(また)かせた。

——ち、近いんですけどっていうか、人目とか気にしないんですかっ！

「いえ、あの、自分で……強く擦りすぎてしまったみたい、で」

常盤の表情が、痛ましそうなものに変わった。

「そう」

下唇に触れていた親指は、そのままゆっくりと唇を往復すると、再び何事もなかったかのように離れていった。

文月は、慌てて俯(うつむ)く。触れられた唇と、頬が、熱かった。

——今。

夕べの記憶が、常盤の指先で上書きされた。

8　錯綜(さくそう)　——金曜日のアテナ——

「それにしても、面倒が絶えない子ね……」

一週間も折り返しを過ぎた木曜日。月曜からこちらの出来事をひと通り聞き終わると、綾乃が呆れたように呟いた。

翌日に迫った接待に向けて、総務でＩＣレコーダーを借りたついでに、一緒にランチをとっているのだ。

「せめてひとつ片付いてから、別のに手を出しなさいよ」

「何その私が好き好んで面倒に手を出しているような言い方。私に言わせりゃ、面倒の方が勝手に押し寄せてくるんですけど」

文月は鰆の塩焼きを解しつつ、うんざりして答えた。

「で？　その実力行使に及んだ幼馴染のカレとは？」

「それ以来、顔合わせてない。〝ごめん〟ってメールがきたけど、謝るくらいならあんなことするなっつーの」

「じゃあ、余計なことはするんじゃないわよ？」

綾乃が鶏のつくね焼きに箸を入れながら、文月にちらりと視線を投げた。

「余計なこと？」

「そのメールに返事は出さない」

「当然。そもそも何て返事するっていうのよ？」

寛容の精神でもって、気にしないで、とか？　いやいやいや、寧ろ気にしろせいぜい気にしろ、そして二度と私の視界に入るな。

憤然とする文月に、綾乃は畳み掛ける。

「受信拒否もしない」

「――してないし、しないけど何で？」

どうせもう、メールなんてしてこないでしょ？　箸を咥えてきょとんとする文月に、綾乃が盛大にため息を吐いてみせた。

「そのカレに、何かアクションを起こす理由を与えちゃうからでしょうが」

「――は？」

「あのね。これでお終いだと思ってるの？」

「だって、ばっこーんってバッグで思いっきり」

文月はバッグを振り回す真似をしてから、足元を指差した。

「叩き伏せた上に、捨てゼリフも勇ましく、ね？」

「ね？　じゃないでしょうが、ね？　じゃ。ったく甘い」

綾乃はそう切って捨てる。

「幼馴染のカレは、焦って馬鹿なことをしたって、今頃猛烈に後悔しているんじゃないかしらね。もう一度、文月に近付くきっかけを必死で探していると思うけど」

まさか、と笑い飛ばそうとした文月であったが、不意に健斗の熱を孕んだ瞳を思い出して言葉に詰まった。このところの奴の行動は、確かに予想できない。

「というわけで、そのカレとどうこうする気がないならノーリアクションで通すように」

「――わかった」

神妙に頷く文月を見て納得したのか、綾乃が打って変わって悪戯っぽい口調になった。

「で？　どうして常盤さんに電話しようと思ったわけ？」

「そりゃあ、声が聞きたかったから」

「何その天真爛漫な口ぶり」

茶碗と箸を持ったまま、綾乃が椅子に仰け反る。

「――って答えたんだけど、それは求められている答えじゃなかったらしいの」

「それをそのまま常盤さんに言ったのか、あんたは」

「うん」

綾乃は呆れたように首を振ると、かぼちゃに箸を伸ばした。

「文月に必要なのは、理由そのものじゃなくて理由を理解することかもね」

「理由を理解すること？」

「そう。あんたの指先が迷わずに常盤さんを選んだ理由を、あんた自身がちゃんと理解しなさいよ。まどろっこしいったら、全く」

「この期に及んで」とか「激しく同情する」とか、かぼちゃを咀嚼しながらブツブツ呟く綾乃を前に、文月は口を尖らせる。

「何がこの期に及んでるのよ。誰に激しく同情してるのよ。全然わかんないんですけどっ！」

むくれる文月を暫く眺めた後、綾乃は、やれやれ、といった具合に肩を竦めた。

「ほら、早く食べなさいよ。休憩時間終わっちゃうわよ。でもって取り敢えず今は、明日を上手く乗り切ることに集中しようか」

体よく話題を切り上げられたことにムッとしつつ、文月は里芋の煮物を頬張った。

不意打ちの出来事とそれに付随した諸々で気持ちは乱れたが、プライベートにいつまでも振り回されているわけにはいかないということも充分理解している。接待は目前に控えており、しかも相手がどのような立ち位置か不明なままであった。野崎と組んで文月を陥(おとしい)れるつもりか、あるいは文月同様巻き込まれる側か——いずれにせよ、文月は文月のできることをするしかないのだが。


——そして、翌、金曜の定時を回った頃。

「じゃあ、行くわよ」

野崎の声に、文月はビジネスバッグを手にする。いよいよだ。

フロアに「行ってきます」と声を掛ける。

「行って来い」という曽根の、それからいくつかの気遣わしげな視線に見送られて、文月はその後を追った。

＊　＊　＊

「営業の仕事はどうだい？　半年前、野崎さんに連れられてうちに来たときには、ガチンガチンに緊張していたよね」

株式会社喜陶(きとう)の専務、鬼頭修一(きとうしゅういち)は、穏やかな笑みを浮かべて文月に尋ねた。

顔を合わせてみれば、五十絡みのこの男のことを文月は鮮明に思い出すことができた。

『その提案は理論としては正しいんだろう。だが、我が社における現実としてはどうだろうね』

柔らかな物腰を崩すことなく、しかし、野崎の提案をあっさりと退けた強い眼差し――いまだこうして野崎と繋がりがあるということは、桜井コーポレーションに寄せる某かの期待があるのだろう。だが、その道筋が見えていない、決定打に欠ける、ということか。

文月は鬼頭のグラスにビールを注ぎながら口を開いた。

「〝君も覚えておくといい。理論はあくまでも理論にすぎない〟」

つ、と瓶の口を上げ、微笑む。

「半年近く経って、その言葉の意味をヒシヒシと実感しています」

鬼頭はグラスを持ったまま、ふっふ、と笑った。

「そうそう、そんなことを言った記憶があるよ。もちろん、理論は多くのデータを基に構築されたものだ。軽く扱うべきではないのだけどね。野崎さんの提案は、端的に言えば事業規模の拡大により収益性の改善をはかるといったものだ」

「はい。現在の関東近隣のスーパーやホームセンターだけでなく、関西にも販路を確保しては、と」

野崎がさらりと話に入ってくる。

「うちがそれを躊躇う理由がわかるかね、佐久間さん？」

「一般論としてですが……」

「どうぞ」

そう言って鬼頭は、先付の金目鯛の焼浸しを口に運ぶ。

「恐らく、既存の競合他社がある中で、差別化が難しいことでしょうか」

鬼頭は、うんうん、と頷く。

「うちが扱っているのはね、取り敢えずの和食器なんだよ。ホームセンターやスーパーに食器を買う目的で行くかい？　行かないだろう？　例えば、新生活を始めるためにホームセンターに家具家電を買いに行く。たまたまそこに食器があって、取り敢えず揃えておこうかと手にする。あるいは、食料品を買いにスーパーに行く。棚に並んだ食器を目にして、取り敢えずこの間割ってしまった皿の代わりをと見繕う。そんな具合だ。敢えてうちの食器である理由が、そこにあると思うかい？」

ぐい、とグラスをあおり、鬼頭はため息を吐いた。

空いたグラスにビールを注ぐと、鬼頭が野崎と文月のグラスにもビールを満たす。

「鬼頭のご先祖さんも、嘆いているだろうね」

グラスに口を付けながら、文月は首を傾げる。

「そういえば、〝喜陶〟って、苗字をもじっているんですよね？」

「ああ。〝喜びをもたらす陶器〟――いい屋号だろう？　何代か前のご先祖さんがつけたんだよ。洒落者だったらしくてね。作った器の高台内に普通は窯名を入れるだろう？　そこに鬼の顔の印を押していたらしい」

「面白いですね！　それは今、使ってらっしゃらないんですか？」

鬼頭は刺身に箸を伸ばしながら、肩を竦めた。

「言っただろう？　取り敢えずの器に、そこまでの手を掛けられない。それを誰も期待しない」

「新たなラインの展開は検討していないんですか？」

「佐久間さんっ」

余計な口出しをするな、というように野崎が声を荒らげた。それを手を上げて止め、鬼頭が面白そうに口角を上げる。

「現状、うちには設備投資をする体力はないんだよ。どうやって新しい商品を展開したらいいと思う？」

「設備投資を新たにする必要はないのではないでしょうか。図案ひとつで、購入層ががらっと変わると思います。ターゲット層の設定から再検討してみてはいかがでしょう」

「図案の変更なんて、それこそ何度も重ねてきているのよ。そんな小手先のことで新たなターゲット層を狙えると思うの？」

「思います。その選択を間違えなければ」

野崎の指摘に、文月は真っ向から反論した。

流れに任せて、今日をやり過ごすことも考えてみなかったわけじゃない。でも、たかが新人が男に媚びてと、野崎が侮っているのならば、その目の前で文月の本気を見せつけてやろう。常盤が口にしたように、文月はこの場をプレゼンの場と捉えることにし、和食器について調査を重ねていた。

「新たに手掛けるならば、本格的な和に軸足を置いたものであるべきです。昔作られていた器の図案や実物は残っていませんか？」

「あるね」

「今作っている器の型にその図案をのせるというのは？　高台内には鬼の印を入れて。それならば〝食器を買いに〟来る人たちが、喜んで手に取ってくれるのではないでしょうか」

「……」

「量ではなく質への転換を、既に検討されたこともあると推察しますが」

「――参ったね」

鬼頭が苦笑する。

「そして新たな販路の開拓であれば、それこそ私共の得意とするところです」

文月は畳み掛けた。

「――そうだね。拡大拡大……父たちはそういったわかりやすい方向に行きたがる。だが、その先に喜陶の未来があるのか？　海外から輸入される雑器とパイを奪い合って？　とはいえ」

鬼頭は、テーブルに並んだ皿を眺めた。

「装飾性の高い和食器は美しいが、のせるものを選ぶし使う場を選ぶ。収納スペースの限られた現代に、そうした器の入り込む余地は極めて少ない。食卓の洋食化に伴って、万能ではあるが無個性な洋食器が食卓を席巻してしまっているからね」

「でも」

文月は身を乗り出す。

「ご飯は飯椀で、味噌汁は汁椀でいただきます。もちろん、シリアルボールやスープカップで代用する方もいると思いますけど、そこを敢えてターゲットにしますか？　焼き魚は四角い皿で、刺身は青絵の皿で、という方は、まだまだ多いと思います。それに、和の皿に中途半端な色彩で洋花が描かれたものではなく、伝統的な柄を単色で絵付けた和食器もまた、守備範囲が広いはずです。パスタ屋の皿が青絵の和食器だということも多いですし、そういう意味では外食チェーンへの展開も検討してもいいかもしれません」

「どう思う、野崎さん？」

「――外食チェーンへの展開は、検討の余地があると思います」

それから鬼頭は、かつての喜陶が作っていた器や図案について熱っぽく語り始めた。

文月は中座して、化粧室に向かう。

『今のところ、特に問題ありません』

事前の打ち合わせ通りＳＮＳでそう送り、腕時計に視線を落とす。開始から一時間半。茶碗蒸しが出て、そろそろ接待も終盤だ。

商談も、どうやら契約に向けて一歩踏み出したのではないか――それが、野崎の意図する方向ではなかったとしても。

少し、身構えすぎていたのだろうか。

『最後まで気を抜かないように』

常盤からの返信に文月は小さくため息を吐き、鏡に映る自分に向かって気合を入れ直す。

戻ってみると、席に残っているのは野崎ひとりであった。

「すみませんでした。鬼頭専務は？」

「電話で中座しているわ」

「そうですか」

「――どういうつもり」

腰を下ろす文月に向かって、野崎は険のある口調で言った。

「はい？」

「惚けないで。喜陶さんの事情、調べたんでしょう？」

「はい」

事実であるから、文月は躊躇うことなく頷く。

「全く、小賢しい」

吐き捨てるような野崎の呟きを聞かなかったふりで、文月は言葉を継いだ。

「営業の基本だと、曽根さんや諸先輩方から教えられましたので」

野崎の眉が跳ね上がる。

「〝飛び込み営業ならいざ知らず、アポイントを取ってわざわざ時間を融通してもらうのであれば、その会社とその業界について何のリサーチもなしに訪問するのは先方に失礼だ。こちらの話に真剣に耳を傾けてもらうつもりがあるのならば、対等に話ができるだけの予備知識を得る労を絶対に惜しむな〟。皆さん、総じてこのようなことを口にされていました」

文月は野崎の目を真っ直ぐに見つめた。

「この接待は、野崎さんにとっての営業活動であると理解しています。単に同席を求められただけとはいえ、何もその手の話が通じないのでは喜陶さんに失礼に当たるかと考えました」

「わかったようなことを」

「では、野崎さんは何のために私に同席を求めたんですか？　鬼頭専務は、女の子がひとりお酌に付いたくらいで懐柔されるような方には見受けられませんでした」

疑問に思っていたことを、文月はストレートに口にしてみる。

しかしその答えを得る前に、鬼頭が部屋に戻って来てしまった。

「いや、週末のこんな時間、こんなところまで仕事が追い掛けてきてね」

そう苦笑して席に着くと、徳利を手に野崎と文月に勧める。猪口でそれを受け、文月が鬼頭にもお酌を返した。

「ところで、佐久間さん。新たに手掛けるならば本格的な和に軸足を置いたものであるべき、と言っていただろう？」

「ええ」

「咄嗟に口にしたにしては、やけに確信ありげな言い様だったね」

鬼頭が、酒を口にしながら尋ねてきた。

「――実は、業種は全く異なるのですが、手ぬぐいを扱う会社に対してのアプローチで考えていたことなんです」

野崎の尖った視線を意識しつつも、文月は答える。

「何というか、中途半端な洋風のものは興味を惹かれて一度は手に取ってみるけれど、それだけ、というのでしょうか。新たな層を取り込みたいという意図はわかるんです。ですが、いっそ妥協のない和のものの魅力にこそ、そういった層は動くと考えました。であれば、その層に訴えるような戦略が必要なのではないかと」

「確かにね」

鬼頭がそれを聞きながら頷く。

――情報の徹底的な収集と分析。商社の仕事は、相手に対峙する前の準備をいかに万全に整えるかにかかっていると言ってもいい。

これは、常盤の受け売り。そんなことをどこか冷静に考える別次元の自分がいて、ふと文月の口許が緩む。

「図案の変更は度々重ねているということですが、先ほど鬼頭専務が話しておられたような、正統派の色柄を採用するのは難しいことなのでしょうか？」

「いや全く。図案を起こしさえすればすぐにでも作れるだろう。多少の手間は、今作っているものよりはかかるだろうがね。だが、それをどこに卸す？　デパートやセレクトショップで扱ってもらえるような知名度は、残念ながら我が社にはない」

「その道筋を探すのは」

野崎がすっと身を乗り出した。

「先ほど佐久間が申しましたように、私どもの得意とするところです。現行商品の市場拡大をお勧めして参りましたが、新ブランドのコンセプト作りと立ち上げという形で、改めてご提案させていただくこともできます」

文月は躊躇いつつ付け加える。

「新たに図案を起こすのであれば、この際、対極にあるものも試してみられてはいかがでしょうか」

「対極？」

「そうです。先ほど申し上げたことと矛盾するようですが、思いきり洋に振ってみた新しい柄です。但し、技法と色は和で」

「……面白そうだが」

「これも、私どもの得意とするところなのですが、海外のテキスタイルデザイナーをご紹介することもできます」

鬼頭の目が真剣な光を帯び、腕を組んで何やら思案し始めた。

現行商品で市場拡大をはかった場合と、新規で事業を立ち上げた場合のリスクの比較。その短期的、長期的効果。冷静な次期経営者としての顔が覗く。

そうこうする内に、ご飯と止め椀、漬物が供されて、ピンと張った空気が少し緩んだ。

「――実はね。今日は関西方面に進出するとすれば、倉庫はどのあたりに押さえたらいいかその辺りの具体的なことも話してみるか、と思っていたんだよ。だが、迷いもあってね」

ズッと味噌汁を啜りながら、鬼頭は続ける。

「一旦足場を作ってしまったら、そこから撤収するにはまた別のエネルギーが必要だ。ま、最初から撤収することを想定している時点で〝違う〟ってことだったんだろうが」

その言葉を聞きながら、文月は急速に集中力を欠いた自分を意識する。ぐらん、と視界が揺れた。地震？

――いや、違う。揺れているのは、自分、だ。

指先でこめかみを押さえ、目を瞬かせる。

酩酊感とは、別のもの。意識をぐいと後ろに引かれ、どこかに落ちていくような感じ――

「まずは、昔の図案を引っ張り出して、サンプルを作ってみることにするよ。それから、新規ブランドを立ち上げる方向で検討しようと思う。よし、決めた」

鬼頭の声がエコーがかかったように聞こえている。

「では、改めて企画提案書をお持ちします。……どうかした、佐久間さん。酔ったのかしら」

酔った？

――まさか。私はワクだというのに？

まして、今日はそれほど飲んでいない。

焦点を懸命に野崎に合わせると、その顔には歪んだ笑みが浮かんでいた。

「――いいえ」

自分の声を、膜を通したどこか遠くで聞いているような感覚。文月は気力を振り絞って、何とか口にする。

「鬼頭専務。是非、高台内の鬼の印もお忘れなきよう」

「もちろんだよ！」

上機嫌でわはは、と笑う鬼頭を前に、文月は意識を保とうと足掻いた。

何か、口にしてしまったに違いなかった。何か——何を？　たぶん、薬物を、だ。

この手の話はよく耳にしていたし、アルコールには特に気を付けていたはずだった。席を外した後も、飲みかけのものには手を付けなかった。徳利で回した酒は、皆が口にして——……もしかしたら？　別にしておいた一本に薬を仕込んでおいて、それを文月にだけ注いだのかもしれない。野崎が。あるいは、野崎と鬼頭が。としても、量としてはそれほどとっていないはずだ。お猪口で数杯。


——もう少し。

この場を乗り切れば、店の外に出れば、バックアップを買って出てくれた人たちが気付いてくれるはず、だ。

文月は、ぐらん、と揺れる身体を支えようと、テーブルを強く掴んだ。

柚子のシャーベットが出されたのは覚えている。それから、気付くといつの間にかコートを着て店先に立っていた。意識が飛んでいるのがわかって、ぞくり、と身体が震える。ふらつく身体を支えてくれているのが鬼頭だと気付いて、文月は「すみません」とどうにか口にした。どうやらひとりでは立っていられないようだ。

「そんなに飲んでいるようには見えなかったがね」

「接待の席に着くのは初めてで、緊張で酒量を誤ったのかもしれません。申し訳ありません、みっともないところをお見せしてしまいまして」

野崎の白々しいセリフが隣から聞こえてきた。

「いやいや、気にしないで結構。今日佐久間さんと話してみて、喜陶の進む道筋をちらりと見通せたような気がしたしね。で？　道向こうのホテルでいいの？」

「はい」

鬼頭に身体を支えられながら、文月は足を動かす。

――ホテル？

集中して、文月。どこに、何をしに行くのか、ちゃんと考えて。

上手く処理できない情報をかき集めようともがくのだが、文月の意識はするりとそれらを手放してしまう。ゆらり、と歪んだ景色の向こうで信号が青く点った。

野崎が鬼頭に何か言って、急ぎ足で離れて行く。文月はただ鬼頭に抱きかかえられるようにして横断歩道を渡り、灯りが明滅するホテルへと足を踏み入れた。

＊　＊　＊

先ほどの店に書類を忘れまして――そんな口実で、文月と文月を抱きかかえる鬼頭の側から離れると、野崎は今出てきたばかりの路地に駆け込みビルの陰に身を寄せた。

それから足元に鞄を下ろすとカメラを取り出し、ちらちらと視線を横断歩道の方に向けながら、手際よく操作する。この時間、この距離。気付かれる恐れがあるのでフラッシュは焚けないが、街灯やホテルの光源がそれなりにある。信号が青に変わるのと同時に野崎は傍らの電柱に身体を預け、手ぶれしないように固定すると、道を渡る二人の姿をレンズ越しに追った。カシャカシャカシャ……と連写音が響く。

「――はい、そこまで」

身体を寄せ合ってホテルの中に足を踏み入れる姿を捉えたと思った瞬間、突然カメラを取り上げられて野崎は二人を見失った。

と同時に「追いますっ」という緊迫した声がして、視界の端を男女の影が走り抜けて行く。

「……っ！」

振り向くと無表情な曽根が間近に立っており、野崎から視線を逸らさないまま隣の原田にカメラを手渡していた。

「デジタル一眼レフですか。スマホだから許されるってわけじゃないですけど、これを予め準備していたってところに底知れぬ悪意を感じますね」

カメラを受け取った原田はそう呟きながら操作し、画像の確認をする。

「しかも、マニュアル設定。ＩＳＯ感度やシャッタースピードも弄ってますし。……確認できました。ちょっと画像が粗いですけど、顔や場所の確認できますね。なかなかどうして、使いこなしているじゃありませんか。自動設定モードじゃここまで写りませんよ」

顔を歪めた野崎がカメラを取り戻そうと、原田に向かって手を伸ばした。

しかし、その手を払いのけて曽根が口を切る。

「——さて。申し開きを聞きたいところだが、まずは佐久間に何をしたのか聞かせてもらおうか」

「飲みすぎたんでしょう、いい気になって」

野崎は、ふん、と鼻で嗤って言い放ち、腕を組んで他所を向いた。

「この状況で、今更言い逃れができるとは思っていないだろうな。おおかた薬を盛ったんだろうが、何を使った」

「だから、飲みすぎたって」

野崎の足元に置いてあった鞄を、何の前触れもなく曽根が勢いよく蹴り上げた。路上に野崎の私物が散らばる。

「何をっ」

怯んだ野崎を更に威圧するように、横から原田も踏み込んだ。

「ヤツは俺より酒が強いんですよ。しかもこの接待は仕事の場だと心得ていた。初めての接待だろうが、飲みすぎるなんてこと有り得ない。ドラッグですか、睡眠薬ですか。いずれにしてもアルコールと一緒に摂取することがいかに危険かご存知ですよね」

「っは！　何の証拠があるのよ？」

「病院に担ぎ込んで、診断書を取らせて事件にしたいのか。懲戒の覚悟があるんだな」

曽根のセリフに、野崎がたじろぐ。

「何なの、もうっ！　ちょっと睡眠薬を入れただけじゃない。数時間眠り込むくらいよ。この程度のこと、珍しくもなんともないでしょ」

曽根の左手がひらめいて、ぱぁん、と乾いた音がした。

「右の拳骨（げんこつ）じゃなかったことを感謝しろ。胸糞悪（むなくそわる）い」

頬を押さえて、わなわな震えながら野崎が唸（うな）る。

「こっちこそ、傷害で訴えてやるわよ」

「やれるもんなら、やってみろ。俺は出るとこ出て洗いざらい話すことに異存はないね」

原田の冷静な声がそこに割って入った。

「薬の名前教えてください。それと使った量。あ、ＳＤカードは預かります」

取り出したＳＤカードを指先で摘まんで野崎に見せ、胸の内ポケットにしまいこむとカメラを突き返した。

それをひったくるようにして手にした野崎は、睡眠薬の名前と使った量をなげやりに口にした。

そして、蹴散らされた私物をかき集め、その場から立ち去ろうとする。

「待て」

曽根は野崎の腕を掴み、酷薄な笑みを浮かべた。

「そう急ぎなさんな。それで？　まあ、予想がつかないわけじゃないが、どういうシナリオだったのかも話してもらおうか。ついでに、お前がこの先どんな扱いになるのかにも、興味があるだろう？」

＊＊＊

その日本料理屋は大通りから少し入ったところにあり、出入りを見張れるようなファミレスや喫茶店がそうそう都合よく近くにあるわけではなかった。

というわけで、曽根、司、原田、栗原の四名は、桜井コーポレーションの商用車に乗り込んで店の斜め向かいのコインパーキングから、事の成り行きを見届けようとしている。

彼女から『今のところ、特に問題ありません』という連絡が入って、そろそろ三十分――

ジリジリと待つ四人の視線の先で、格子戸風の自動ドアが開き、まずは野崎が、次いで男に抱きかかえられるようにして彼女が姿を現した。

――ワクです。

そうあっけらかんと言っていたはずであるのに、今、その本人は足元も覚束ないようであった。

運転席の司は咄嗟にドアに手を掛け外に飛び出そうとしたが、助手席の曽根がその肩を押さえる。

「――まだだ」

司はさっと振り向いて、曽根を鋭く見た。

「まだだ」

そう低い声で繰り返す曽根に、司はぐっと唇を噛みしめる。それから座席に身体を戻して、ただ食い入るように彼女の姿を見守った。暫（しばら）くして三人は、大通りに向かって歩き出す。

「タクシーを拾われたらまずいんじゃありませんか」

原田が後部座席から身を乗り出した。

「わかっている。追うぞ。何か決定的な状況なり物証なりを押さえろ」

曽根の声に一団が車から降りコインパーキングを出ようとしたとき、大通りからこちらに向かって野崎が駆け戻って来るのが見えた。慌てて身を隠し、野崎の様子を窺（うかが）う。

「――何やってるんでしょう、あれ」

原田の呟きに、司が答える。

「佐久間さんたちを撮影しているんだろうね」

横断歩道を渡った二人はホテルのロータリーを回り、エントランスに向かっていた。

栗原が焦ったように小声で叫ぶ。

「曽根さんっ！　早く佐久間さんを追わないとっ！」

「よし、俺と原田は野崎を押さえるぞ。常盤と栗原は佐久間のピックアップ」

「「了解」」

その場を一斉に飛び出す。

曽根が野崎のカメラを取り上げる横を、司と栗原は駆け抜けた。横断歩道の信号は赤だ。足止めされた二人の前を途切れなく車が通り過ぎていく。日頃の冷静さを失った栗原が、苛々と身体を揺すりながら「文月、文月……」と小さく繰り返している。

「――大丈夫だ」

その隣で強張(こわば)った顔をした司は、自分に言い聞かせるように口にした。

「このクラスのホテルならば、フロントでの宿泊手続きにもそれなりに時間がかかるし、宿泊客のチェックもかなり厳しいはずだ」

目の前には、時節柄クリスマスの飾り付けを施された高級ビジネスホテルがそびえている。ドアマンこそいないが、エントランスの自動ドアの向こうには、司の身長を優に超える豪華なクリスマスツリーが煌(きら)めいていた。

青信号になった横断歩道を走りエントランスに飛び込むと、司と栗原は荒い息を吐きながらフロントに視線を向ける。

しかし、そこに彼女と男の姿はなかった。

そんなに時間は空(あ)けていないはずなのに、しかも、あんな状態の彼女を連れていたというのに、一体どこへ？　まさか、既に部屋に向かったと？　栗原は、泣きそうになりながら周囲を見回している。

「佐久間さんっ！」

司も焦って、その姿を探す。

――そのとき。

視界の隅をひらひらと横切るものに気付き、司はそちらに注意を向けた。ロビーに併設されたラウンジで、男が立ち上がり手招きしている。

「こっち、こっち！」

司と、続いてそれに気付いた栗原は、顔を見合わせてからそちらに急いだ。

「桜井の人だね？　野崎さんが呼んでくれたんだろう？」

仄(ほの)かに酒気をまとった男は、ほっとしたように微笑む。

「そんなに勧めたつもりはなかったんだけどねぇ。いや、申し訳ない」

その視線の先、隣のラウンジソファには、顔を伏せぐったりした彼女がいた。

「文月っ！」

栗原が駆け寄って跪(ひざまず)き、顔を覗き込む。

その声が聞こえたのか、ゆらゆらと頭をもたげた彼女は、その顔に懸命に焦点を合わせようとしながら「ごめん」と呟いた。それからふらふらと視線を泳がせると司の姿を認め、安心したようにふにゃりと笑うと、そのまま意識を手放した。

と同時に、我に返った司は男に向かって頭を下げる。

「お手数をおかけしまして申し訳ありませんでした。この度の謝罪は、本人から後日させていただきますので、本日はご容赦ください。タクシーまでお送りします」

恐らく男は、野崎に利用されようとしていただけなのだ。

彼女が男とともにホテルに足を踏み入れたところを隠し撮りし、何らかのタイミングでそれをばら撒く——例えば、この男との取引を彼女に譲ってからであるとか。実際に何もなかったとしても、そんなことは関係ない。ただ、目に見える事実だけが、真実を歪めて拡散されるのだ。

ロータリーに停まっているタクシーに男を乗せ、その車を見送ってから司は曽根に電話を入れる。

無事、彼女を回収したことを伝えると、曽根たちも野崎を片付けてからこちらに向かう、という。

「無事でよかった。まあ、正確に言えば無事ってわけじゃないんだけど」

ラウンジに戻った司は、ため息まじりにそう言って文月の顔を覗き込む。

先ほどの電話で曽根は、使われた睡眠薬の名前と量を確認したと言っていた。このまま様子を見守る必要はあるが、大事には至らないだろう、とも。

すぅ、と穏やかな息遣いが聞こえて栗原が苦笑する。

「仕方がないとはいえ、こんな風に何の悩みもなさそうな顔で眠りこけられるとむっとしますね」

この貸しは高いぞ、心配したんだから、と、栗原が彼女の頬をぐい、と人差し指で押した。

司はといえば、結局守ってあげられなかったという自分に対する怒りで、ただ拳を強く握るのであった――

9　朝チュン

寝返りを打とうとした文月は、身体に巻き付いたやけに重たいものにそれを阻(はば)まれた。

「……んん？」

「起きた？」

この状況で聞くはずのない声を耳にして、文月はベッドの上で跳ね起きた。

何？　何っ？　何っ⁉　背中を壁に押し当てて、目の前に横たわる人を凝視する。

「ななっ、何で何でっ、と、常盤さん？」

優雅な猫のように上半身を起こし髪をかき上げた常盤が、動揺する文月に向かってにっこりと微笑む。

「ん？　ここ、僕の部屋だから」

文月は部屋を見回した。カーテン越しの薄明かりの中には、モノトーンの見覚えのない家具。

それから、恐る恐る自分を見下ろす。ブラウスと下着着用のみ、である。こ、これは、まさかの、朝チュン……。慌ててブラウスの中を覗き込んだものの、キャミとブラに異常なし。

「あれ？」

首を傾(かし)げる文月に、笑いを含んだ声が言った。

「僕は意識のない人に手を出したりしないよ。まあ、シワになっちゃうからスーツは脱がしたけど」

文月はハッとして上掛けを引き寄せ、赤面した。

「ど、ど、どうして、一緒のベッドに寝てるんですかっ」

「独身のひとり暮らしだから、余分な布団なんてないし」

それはそうかも、じゃ、なくてっ！

「あ、あのあのっ、何で私ここにいるんでしょうっ」

「昨夜のこと、どこまで覚えてる？」

昨夜？　昨夜って？　いやいやいや、どこまでって、何をどこまでなのーっ⁉

ベッドから降り立った常盤は、何やら手にして、混乱したままの文月のもとへ戻って来た。

「シャワー浴びて、ちょっと落ち着いておいで」

常盤のものであろうスウェットの上下と一緒に渡されたコンビニの袋の中には、下着や簡単な化粧品など『ザ・お泊まりセット』とでも言うべきものが一式入っていて、文月は思わず眉間に皺を寄せた。

「今、愉快な誤解をしたでしょう。それ、栗原さんが佐久間さんのために用意してくれたものだから」

「へ？　綾乃が？　てっきり、こちらに常備されているものかと……」

「僕の私生活を些か誤解しているみたいだね」

そりゃ、気付いたらアナタのベッドに引っ張り込まれていた身としては、誤解のひとつやふたつ、してみたくなるってもんですよ。という心の声が聞こえたか聞こえなかったか、にっこり微笑んだ常盤の片眉が跳ね上がった。

「……そんなことは。あのっ、シャワー、お言葉に甘えて、お、お借りしますっ！」

教えられたバスルームにわたわたと駆け込んでドアに寄り掛かると、文月は目を閉じ空を仰いだ。

何でこんなことになってるかな。

――神様。これは、ちょっとやりすぎです。

取り敢えず、シャワーを大急ぎで浴び身支度を整える間、昨夜の記憶を引っ張り出そうと試みる。しかし、どうにか思い出せたのは……

「――それで、どこまで覚えてる？」

サイズオーバーもいいところのだぶだぶのスウェット姿でリビングにおずおずと戻ると、ふ、と微笑んだ常盤が尋ねてきた。二人きりの空間の緊張感を、常盤が淹れたコーヒーの香りが和らげてくれるような気がする。勧められた椅子に腰掛けると、テーブルの向こうからコーヒーが差し出された。

「立派な海老入りの茶碗蒸しまでです」

アリガトウゴザイマス、とそれを受け取って、文月は答えた。

「これでご飯が出て、水菓子が出て終わりだなって思ったんです。よし、乗り切れそうって」

「その後は？」

困惑した表情で文月は首を振った。

「それが全く……。すみません、ご迷惑をお掛けしたんですよね？　でも、何でここにいるのかも、どうやってここに来たのかも、思い出せないんです。私、よりによって野崎さんに迷惑掛けてしまったんでしょうか？」

「彼女には迷惑を掛けられこそすれ、迷惑を掛けたなんてことはこれっぽっちもないよ」

常盤は冷たく切って捨てる。

「佐久間さんは薬を盛られたんだ。記憶がすっぽり抜け落ちてるのはそのせい」

腹立たしげにそう付け加えると、常盤は前夜あった大捕りものについてざっくりと語った。

「――それで、結局野崎さんは何がしたかったんでしょう？」

「彼女の書いた筋書きは、たぶんこんな感じ」

眉を顰（ひそ）める文月に向かって、常盤はコーヒー片手に解説してみせた。

「佐久間さんが鬼頭専務と二人でホテルに入っていくところを撮影する。で、佐久間さんをホテルの部屋に、さっきみたいな格好で放置する」

常盤は、ちらりと文月を眺めた。

「後日、何らかの口実で喜陶の契約を佐久間さんに譲る。すると暫（しばら）くして、いわくありげな写真が出回るってわけ。佐久間文月は枕営業しているって噂とともにね」

「うぇ」

「しかも佐久間さんは薬のせいで記憶が曖昧（あいまい）で、自分でも何があったのか、なかったのか、わからない。――はい、朝起きてあの格好の自分を見て、キミはなんて思った？」

「朝チュン」

「ホテルでひとり目が覚めてたら、冗談じゃなくそう思ったんじゃない？」

文月はさあっと青褪（あおざ）めた。

「ま、野崎さんとしては、実際据え膳を喰らわせたかったんだろうけど、鬼頭専務はそういうことをするタイプじゃなかったみたいだから。でも僕たちは、そんなこと昨夜は知らなかったでしょ？佐久間さんがホテルに連れ込まれたときは、肝が冷えたよ」

「——あの、因(ちな)みに私はどこでピックアップして頂いたのでしょう？」

「ラウンジ。後から曽根さんたちも集まって、眠り込んだ佐久間さんの横でその後の対処を話し合ったわけ」

ヨダレとか、イビキとか、ネゴトとか、だ、大丈夫だったのか、な。動揺する文月に向かって、常盤がにこりと微笑む。

「大丈夫。あどけない少女のような寝顔だったよ」

「……っ！」

文月は羞恥(しゅうち)に打ち伏した。死ねる。

「と、ところで、そんな状態で家に帰すわけにはいかなかったというのはわかるんですけど——って！　あぁーーーっ！　無断外泊だーーーっ！」

がたっと椅子から立ち上がり、頭を押さえて硬直する文月に、常盤はため息まじりに言った。

「気付くのがちょっと遅いよ、佐久間さん」

「目の前の現実に対応するのが精一杯で、そこまで思い至りませんでしたっ！　どうしようっ！」

常盤が立ち上がり、文月の肩をそっと押して座らせる。

「昨夜、佐久間さんのスマホから、栗原さんがお母さんに電話を入れてくれた。体調が悪くて本人は連絡できません、移動も難しそうなので、こちらで預かります、落ち着いたら本人から連絡入れさせますって」

文月は目を瞬(またた)かせた。

「若干真実を語っていない部分があるような気もしますが」

「僕んとこで預かるって言った方がよかった？」

とんでもございませぬっ！　文月はぶんぶんと頭を振った。

「嘘も方便って言うでしょ？」

ね？　と邪気なく小首を傾げた常盤に、文月は顔を引き攣らせた。

「……そうなんですか？」

「そうなんですよ」

「あのでもっ！　栗原さんもそこに居たんですよね？　それなのに、なんでまた私はこちらに？」

そうだよ、そこだよ、問題はっ！　文月は平然とした表情の常盤を窺う。そんな状態であったならば、普通、綾乃の部屋に運び込むものではないのだろうか？　独身男性のひとり暮らしの部屋でなく。

「まず、近かったから。それから、緊急対応のときの機動力を考えて。でも実際は、僕が側に付いていたかったからだけど」

「はいっ？」

「アルコールと薬を同時に摂取したんだよ。何もないって保証はないでしょう？　だから、栗原さんが反対したけど押し切っちゃった」

いやいやいや、押し切っちゃったって……。文月はあんぐりと口を開けた。この男性、やっぱり、謎だ。

呆気にとられる文月を他所に、常盤はため息を吐きながら言葉を重ねる。

「僕は昨夜、見えないところで何が起きているのかと随分気を揉んだよ。それにようやく姿を確認できたと思えば、酒豪を自負する人が明らかに足元をふらつかせていた」

その場面を思い起こしたのか、常盤の表情に憂いが浮かぶ。

「ああやって目の前で事が起きているのがわかっているのに、ただ見ているしかできないのってしんどいものだね」

「……ええと、すみません？」

かなり心配を掛けたのは事実なだけに、取り敢えずのような口調にはなったが、文月の口から謝罪の言葉がでた。

「佐久間さん、全然わかってないでしょう」

常盤は、くっくと笑って、それから、僕の同期だった奴の気持ちが最近よくわかるようになったよ、と意味不明なセリフを呟いた。

「それに、次に同じような事が起きたとしても、キミはきっとまた同じような選択をするんだろうし」

「学習しないってことですか？」

「まさか。よく状況を把握したその上で、それでも同じような選択をするってことでしょ」

「それって、救い難いじゃないですか」

「仕方ないよね。業みたいなものだから」

業(ごう)って……。まるで、そういう人をよく知っているかのような。文月と誰かを重ねるかのような話し方に、不意に心がざわつく。そして、そんな自分に一瞬気を取られたので、文月は続く常盤の言葉がうまく理解できなかった。

「だからね。ちゃんとした立場が必要なんだよ」

「——立場？　誰のですか？」

「僕のに決まっているでしょう？」

「——僕の？」

常盤はそれ以上説明せず、時計をちらっと見て言った。

「取り敢(あ)えず、家に連絡入れようか。きっと心配してる。皆もきっと」

＊　＊　＊

自宅に電話を入れ、昨夜のメンバーのＳＮＳに無事の報告と助力への感謝を書き込む。それから、送って行くと言う常盤とともに、文月は土曜の朝の街に出た。のんびりとした休日の朝の空気は、昨夜の緊迫感も、今朝の衝撃も、何だか現実感のないものに変えてしまう。

「それで、接待自体はどうだったの？　鬼頭専務はあんな状態の佐久間さんを押し付けられていたのに、結構上機嫌だったよ」

文月は、ふふん、と胸を張った。

「野崎さんの目の前で、野崎さんとは全く別の切り口で鬼頭専務をその気にさせてやりました。野崎さんは歯噛みしつつも、私が提案した通りに喜陶にアプローチするしかないわけです。文月様の実力思い知ったかっ！　というやつです」

「……残念ながら、彼女が喜陶の担当を続けることはないだろうね」

「へ？」

「当然でしょ。こんなことしでかしたんだよ。曽根さんによれば、話は課長経由で上に届いているって話だし」

「上ってどこですか？」

「ま、部長止まりってことはないだろうね。人事も動いたみたいだから」

「は？」

「たぶん常務にも話は通ってるでしょ。月曜早々、動かぬ証拠を突きつけられて桜井から追放されるみたいだよ」

「……追放？」

「彼女は、人として最低限のルールさえ守ることができないって、自分で周囲に知らしめたんだ。そんな人、この桜井の名の下で使えると思う？　当然の報いだね」

常盤は肩を竦めて冷たく言い放つ。そして少し怒ったように付け加えた。

「佐久間さんが、そんな顔をする必要はない」

自分のせいではないけど、自分のせいでもある……。そんなこと前にも考えたことあったよなぁ、と文月はぼんやり思う。相手の勝手な思惑の責任まで負えないが、何だろうこの後味の悪さは。まあ、無事に昨夜を乗り切れたという安心感がそう思わせるのだろうし、また再びああいった悪意に向き合う覚悟があるのかと問われたら、否、と答えるしかないのだけれど。

駅に続く通りに並ぶ店は、シャッターを開けオープンの準備を始めている。文月がそんな物思いに沈みながら歩いていると、そのひとつの店先で、常盤が不意に足を止め振り向いた。

「佐久間さんは、文月っていうからには七月生まれなんでしょう？」

「え？　あぁ、はい」

「七月っていえば、向日葵だよね」

「七月の誕生花は百合ですけど」

「——そうなの？」

目を瞬かせる常盤に向かって、文月は複雑な表情を浮かべた。

「まあ、百合の花のようだと言われたことはないですけど」

常盤は可笑しそうに笑う。

「でも、僕にとって佐久間さんのイメージは向日葵だよ。ほら、ここにあるみたいな」

花屋のガラスケースの中の、陽だまりのような花を指差す。それから、まだ開店準備中の店員に声を掛けて一輪ラッピングしてもらうと、文月に向かって差し出した。

「向日葵って、いつも真っ直ぐ太陽を追いかけているイメージじゃない？　そこに迷いなんかなくて。真冬にあって尚、夏を主張している」

励ましてくれているのだ、と理解する。

「ありがとう、ございます」

向日葵を手に、少し俯いた文月の頭を、ぽんぽんと叩きながら常盤が言った。

「引き留めるみたいで悪いんだけど、折角だから一緒にブランチをとっていかない？　やっぱり、話しておきたいことがあるんだ」


駅近のその喫茶店は、からりん、とドアベルを鳴らして二人を迎え入れた。窓際の席に案内され、常盤のおすすめだというメニューを注文をする。

話しておきたいことって何だろう。

いつものように捉えどころのない笑みを浮かべている常盤を、文月は首を傾げて見つめる。

――謎だ。

帰り際、迷った末切り出すような話。

恐らく、仕事の話ではないのだ。そういった話であれば常盤はもっとドライに対処する。となれば、プライベートなことに違いない。そう文月は結論づける。

例えば、ハンカチ代わりに縋らせてもらって、涙やらメイクやらでぐしょぐしょにワイシャツを汚したり。昨夜に至っては、自らの意思ではないとはいえ、とうとうその部屋に泊まり込んでしまったり、とか。

普段、まるでそんな気配を感じさせなかったけれど、常盤にもしも彼女がいたとしたら――？

つくん、と突然胸が痛んで、文月は俯いた。そしてその彼女が、他の女が汚したそれらを目にしたのだとしたら。あるいは常盤が、文月のトラブルに関わったがために、約束がキャンセルされていたりしたら。その上、昨夜のことだって……

たとえ常盤自身が、文月をそういう対象と見なしていなかったとしても。

スッと指先で眉間を撫でられて、慌てて視線を上げる。するとテーブルに肘を突き、身を乗り出している常盤と目が合った。

「何でそんな難しい顔をしているの？」

柔らかな雰囲気なのにきちんと男らしい顔立ちが、気遣わしげにこちらを見つめている。

鼓動が一拍跳んだ。

そうだ。少しばかり捉えどころのないところがあるにしても、こんなに格好よくて優しい男性なのだ。付き合っている女性がいないなんてことがあるだろうか。

「す、すみませんっ、あのっ、私、勘違いしたりしませんからっ！　それにちゃんと誤解が解けるように状況の説明とかしますっ」

身体をぐいと起こして、文月は早口でまくし立てた。動揺する自分に、なおさら動揺する。

「ワイシャツがそういった状態になるに至った経緯とか、約束がキャンセルになった事情も、昨日のことだって、ですねっ」

「――ごめん。何のことを言っているのかわからない。やっぱり薬の影響だったりするのかな」

常盤の顔が険しくなった。

「――え？」

「だとしたら、野崎さんを簡単に許すわけにはいかない」

「いやあのっ、だって常盤さんの彼女の誤解を解くとかいう話じゃないんですか？」

「……何だって？」

「きちんと説明します。必要なら、直接お目に掛かってお詫びしてもっ」

「……」

何ともいえない沈黙がテーブルの上に漂う。

「――あれ？」

首を傾げた文月に向かって、複雑な表情を浮かべた常盤が深々とため息を漏らした。

「……――薬の影響ってわけじゃなさそうで、安心したよ。いや、これから話すつもりのことを考えたら安心している場合じゃないのかもしれないけど」

それから、くす、と笑う。

「どういうプロセスでその結論に至ったのか非常に興味深いけど、僕に彼女はいないよ、今のところはね。そもそも、彼女がいるのに他の女の子を自分の部屋に連れ込むような男だと思われているんだとしたら、そっちの方がちょっとショックだな。僕の部屋を見てそんな気配あった？」

文月は目を瞬かせた。向けられた笑みに、再び鼓動が跳ねる。いやいやいや、そうじゃなくて！

だとしたら、何のために文月はここに？　謎は深まるばかりなのだ。

ところが。

「まあ、いいや。佐久間さんが別のとんでもない結論を導き出す前に、まずは野崎さんの件についてもう少し話しておこうか」

常盤はあっさりとそう言って、運ばれてきたサラダにフォークを伸ばした。

――ちっともよくないんですけどっ。

しかし、話はすっかり常盤のペースで進み始める。

「月曜は野崎さんも出社するでしょう？　彼女が今回のことをどの程度に考えているかはわからないけれど、処分を申し渡されることになるはずだから荒れると思う。まずは部長から証拠を突きつけられて、年内の謹慎処分。次いで常務から、謹慎明けに九州の子会社へ出向ってね」

「はいそうですかって納得するでしょうか」

とてもそうは思えないんですけど。

「状況証拠だけでも、処分の理由には十分だと思うよ。でもまあ、デジカメのデータを押さえてあるし、曽根さんも自分にICレコーダーを仕込んでいたからね。昨夜現場を押さえたときの、野崎さんとのやり取りもバッチリなんだよ」

「それはまた……」

えらく周到な。文月はヒクリと頬を引き攣らせた。

「あの人、地味に怒っていたからね。〝ちんまい犬を足蹴にするようなヤツは、人間の風上にも置けない〟とか」

「やっぱり、トイプー扱いですかっ」

「そこはまあ、比喩的表現ってことだよ」

口を尖らせる文月に向かって、くく、と常盤が笑う。

「――で、月曜なんだけどね。どうする？」

「どうする、とは？」

ミニトマトをフォークに刺しながら、文月は眉を顰めた。

「昨夜報告を入れたとき、休んでも構わないって都築課長は言っていたよ」

「休む？」

「野崎さんが処分を聞いてどう出るかわからないし、体調のこともあるけれど、佐久間さんは野崎さんと顔を合わせたくないんじゃないかってね」

「――休みませんよ」

文月はミニトマトを刺したままのフォークを置いた。

「もちろん、出社します」

常盤が片眉を跳ね上げて、続きを促す。

「ご配慮していただいて有難いですけど、私に関していえば、フォローして下さった皆さんのお陰で精神的にも肉体的にもほとんど影響ありませんでした。それに、野崎さんが荒れようが荒れなかろうが、それは野崎さんの問題であって私の問題じゃありませんから」

文月はそう言いきって、常盤の顔を、むん、と睨む。

何も疚しいことはないのに、こそこそ逃げ隠れするようなこと、できるかっつーの。文月はいつも通りの文月のまま、涼しい顔をしてあのフロアにいてやるのだ。

すると常盤は、ふはは、と声を上げて笑い出した。

「――へ？」

大きく目を見開いて、文月はその様子を眺める。こんな風に感情を大っぴらにする常盤は非常に珍しい。尤も、どこに笑いのツボがあったのかは謎だけど。

「そうだよね」

常盤は、うんうん、と頷きながら文月を見た。

「やっぱりそうくるよね。だから、今日、話しておこうと思ったんだ」

――意味がわからないんですけど。

戸惑う文月と、それを楽しげに見守る常盤の前に、注文していたパンシチューが運ばれてきた。器代わりの丸いフランスパンの中で、熱々のシチューが湯気を立てている。香しい匂いが、文月の眠っていた食欲を刺激した。

「美味しそう」

「でしょう？　温かいうちにどうぞ」

文月にそう勧め、自分でもシチューを掬い上げながら、常盤は話を継いだ。

「今回のことでね、しみじみと思ったんだ。佐久間さんにとって、僕は何だろう」

「あっちっ」

掬い上げたシチューを思わずそのまま口に突っ込んでしまい、文月は涙目になった。

何なの？　何なのっ？　何なのーっ⁉

ワタワタと水を飲み込む文月を意に介することなく、常盤は自問するように続ける。

「同じ課でも、部でもない。同期でもない。一緒に仕事をしたことのある同僚？　昨日はたまたまあの場にいることができたけれど、もしまた佐久間さんに何かあったときには、僕にも声が掛かるのかな」

そんなこと、そうそうないですよ！　と断言できない自分が悲しい。

何といっても神様の大盤振る舞いのツケを、いまだに払ってる感、半端ないですから！　っていうか、今後もそういったゴタゴタに付き合っていただけるんですか？　そっちの方が、びっくりですよ。

内心突っ込みまくる文月に、常盤はスッと視線を合わせてきた。

「つまり僕は、佐久間さんを正しく心配する根拠が欲しいんだ」

「――は？」

「僕に、その権利をくれないかな」

「えっと、ごめんなさい」

「――え」

常盤が言葉を失って、目を瞬（またた）かせた。

「仰（おっしゃ）ってる意味が、わかりません」

次の瞬間、口許（くちもと）を引き攣（つ）らせ、常盤が髪をかき上げる。

「うわ。マジで心臓にきた。断られたのかと思った」

「断るも何も、何を求められているのか私にはさっぱり」

困惑する文月に向かって、気を取り直した常盤が畳み掛けた。

「じゃあ、具体的に。単なる同僚としてじゃなく、佐久間さんを個人的に心配する権利を僕にくれないかな」

それじゃ、まるで告白でもしているみたいじゃゃ――

「僕と付き合ってくれない？」

文月の心臓は、クルリとターンして口から飛び出しそうになった。

「……っい？」

本当に驚いたときって、声なんて出ないものなのだ。

「結構露骨にアプローチしてきたつもりなんだけど」

口をパクパクさせる文月に向かって、常盤はにっこりとほほ笑んだ。

「僕は、やりたくないことはやらないって言ったでしょう？　どうでもいい人に胸を貸さないし、クリスマスを一緒に過ごそうなんて誘わない。まして家に泊めたりしないよ」

飛び出しかけた心臓は、軽快なアレグロで鼓動を刻む。

「そ、そうなんですか？」

「そうなんですよ。『青いストライプのハンカチ』には、実はそういった下心が隠されていたわけ。つまり、弱みに付け込んだんだね」

あ、は、は。付け込むって、アナタ。これって一応、口説かれているんですよね？　解釈に悩むのは、経験値の問題ではない、と思う、たぶん。

混乱する文月を前に、常盤は少しも悪びれた様子を見せずにシチューを口に運ぶ。

「前にも言ったけど、そんなに簡単に男に心を許しちゃいけないんだよ」

「どの口が言ってるんですかっ」

思わず突っ込む文月をさらりと流して、常盤は続けた。

「そのくせ佐久間さんは、そういった意味では僕を意識してくれない。このままいけば面倒見のいい先輩社員の枠に、曽根さん辺りと一緒に放り込まれるのは目に見えている」

スプーンを置いた常盤は軽く腕を組んで、思わせぶりな視線を文月に向けた。

「もしかしたもう、片足くらいは突っ込まされているんじゃないかと思うけど」

思い当たる節がありまくりで、文月の目が明後日の方に泳ぐ。

「でもって、一旦そんな風にカテゴライズされたら、そこから抜け出すのにえらく手間と時間が掛かるのは間違いない」

「素晴らしい洞察力、お見それしました」

常盤がにんまり笑った。いつもの捉えどころのない薄い笑みじゃなくて、はっきりした意思を感じる、黒い感じの。

「僕はね、これと思い定めたモノをみすみす逃すほどぼんやりしていないし、それに手を伸ばすことに躊躇したりもしない。今回ちょっと強引に僕の部屋に引っ張り込んだことでもわかる通りね」

——再度問おう。これ、口説かれてるんで間違いないんだよね？

「それに」

常盤が文月の顔を人差し指で、ぴた、と指差した。

「勝算のない戦いもしない」

おおぅ。言い切ったよ、この男性ってば！　文月は顔を赤らめたまま、軽く仰け反った。

「佐久間さんはあの日、他の誰かではなくて僕に電話をくれた。スマホのリストから選ぶとき、迷わなかった、と言っていたよね」

健斗が暴走したときのこと？　こくり、と文月は頷く。それは事実であるからして。

あの日、あのときは、常盤の声が聞きたかったのだ。

でもそれは、何か特別な感情ではなかったはずで——ただ『青いストライプのハンカチ』に縋っただけのことで——

誰に対してだかわからない言い訳を必死で探そうとする文月の内心を見透かすように、常盤が笑みを深める。口許が綺麗な弧を描いた。

「なるほど、指先はちゃんとわかっているんだ、と思ったんだよ。だったら、後は本人に自覚させればいいだけの話だってね」

こーわーいー。その笑い方、怖いです、マジで。

「それなのに佐久間さんときたら。僕の声が聞きたかったと言ったその口で、まるっきりナチュラルに〝曽根さんでもよかったんでしょうか〟とか返すし。ああこれはもう、きっちりと言葉にしないと伝わらないパターンだとあのとき腹を括ったよ」

テーブルの上に肘を突いて、常盤がゆっくりと身を乗り出した。

「この際、その指先を信じて僕と付き合ってみようか」

「……何ですか、その気障なセリフ」

はうっ。この口はまた、余計なことをっ！　文月は両手で口を覆った。

「僕にこんな気障なセリフを言わせたのは、鈍い佐久間さんでしょ」

何ですと！　むっとする文月を見つめながら、常盤が笑みを消して首を傾ける。

「じゃあ聞くけど。佐久間さんにとって、僕は何？」

その真剣な眼差しは、文月に視線を逸らすことを躊躇わせた。

文月にとって、常盤は――常盤司という男性は。

捉えどころのない、ちょっと苦手な雰囲気をまとった先輩社員で。それなのに、いつの間にか勝手に文月の中に踏み込んできて、気付けば寄り添ってくれていて。頑張らなくちゃいけないときに、きちんと頑張れるように背中を押してくれる人で。

――トクベツな何かにしてしまって、失うことが怖いような存在なのだ、今となっては。

このままずっと、文月の『青いストライプのハンカチ』でいて欲しいと思うのは我儘なのだろうか。

「……常盤さんは、常盤さん、ですよ」

ようやく出した文月の答えに、常盤はゆるりと口角を上げた。

「わかっているなら、よろしい」

「へ？」

「まあ、これ以上ラッシュをかけても、また見当違いの方向に吹っ飛ばされそうだから、今日はこのくらいにしておいてあげよう。外堀も本人にそれとわかるくらいには埋まった感じがするし。ほら、冷めちゃうから、食べようか」

——謎だ。

わかってるならって、何を⁉　そして、この宙ぶらりんのまま置き去りにされたような気持ちって⁉

「何だか、釈然としないって顔つきだね。こんなにすぐに引くとは思わなかった？」

「そんなことは」

文月は急いでシチューを口にした。さっき火傷（やけど）した舌が、ぴりりとする。

「駆け引きをしているわけじゃないよ。そんな手が通じる相手じゃないってわかっている。佐久間さんはそういった機微（きび）に疎（うと）そうだしね」

わるぅございましたねっ！　眉間（みけん）に皺（しわ）を寄せる文月に向かって、常盤は、くす、と笑った。

「正直な話、付き合おうと言ったところで、簡単に頷くとは思っていなかったってことだよ」

「そうなんですか？」

の割には、やけに押せ押せな雰囲気でしたけど。

「そうなんですよ。本当はね、もっと時間を掛けて自覚してもらうつもりでいたんだ。だけど佐久間さんの周りは何だかキナ臭いことが多いでしょ？　オフィシャルな面でもプライベートな面でも」

「うぅ、はっきりと否定できないところが辛いです」

「のんびり構えていると、いざというときに蚊帳の外に置かれるなんてことになりかねない」

常盤は肩を竦めた。

「立場が欲しいって思ったのは、佐久間さんを守りたいからでもあるし、一緒に戦いたいからでもあるんだよ」

アレグロの鼓動は、段々と加速してテンポが上がっていく。

――どうしよう。

「守ってあげる」と言われただけなら、「ただ庇護されるだけでなく、自ら身を守れるように強くなりたい」と返せる。だけど「一緒に戦いたい」なんて言われたら――

「といっても、トラブル対応を目的として、一緒にいたいと思っているわけじゃないんだけどね。僕は佐久間さんが喜んだり悲しんだりするのを、誰よりも一番近くで見ていたいって思っているんだよ」

この男性ってば、こんなに口説き文句を、こんなにさり気なく口にしてしまうキャラだったっけ？

よく知るようになったと思っていた男性の、よく知らない部分。

もっと知りたいと思う貪欲な自分がいて、それを怖いと思う自分がいる。

それから文月は、スプーンを握っている手に――正確には右手人差し指に、視線を落とした。

この指先の選択は――

「というわけで、月曜だけど」

文月は、はっと我に返った。

「――はい」

「曽根さんや都築課長が配慮してくれると思うけど、くれぐれも気を付けて。それから、何かあるといけないから、帰りは僕が送る」

「え？」

「言ったよね。蚊帳（かや）の外に置かれるつもりはないって」

常盤の笑顔は、やけに清々（すがすが）しい。

「そう、でしたっけ？」

「やだな。何のために僕がキミを部屋に泊めたと思ってるの？」

「ええと、何のためって……」

「そりゃあ、佐久間さん。キミ自身と周囲に対して権利を主張するためですよ。僕にはキミを心配したり、ちょっとした護衛をしたりする権利があるってね」

「――あれ？」

「何といっても、僕は佐久間さんを口説いている最中だから」

食事を終えて喫茶店の外に出ると、常盤は「駅まで送るよ」と微笑んだ。

「色々と、ご心配をおかけしてすみませんでした。それから、泊めていただいてありがとうございました」

文月は少し恐縮する。

「うん。凄く心配した」

だから、と言って、常盤は手を差し出した。

「佐久間さんの無事を実感するためにも、せめて駅まで手ぐらい繋いで歩きたいかな」

差し出された手を前に、文月は固まる。

「——お手」

「トイプーじゃないしっ！」

その手の上に右手をぱしっと乗せて、文月は思わず叫んだ。色んな意味でいいように丸め込まれている気もするけれど——それは決して心地の悪いものではなかった。

＊　＊　＊

因(ちな)みに、文月の散々な週末は、これで終わり、という訳にはいかなかった。

「——それで？」

日もいい加減高くなった頃、のんびりと自宅に帰り着き玄関を開けると、そこにはにこやかに微笑む鬼が待ち受けていた。

「ええと、〝それで〟とは？」

その母の顔をした鬼は上がり框の上に仁王立ちし、文月に向かってぴしっと指を差して、こうのたもうた。

「朝チュンとは、百万年早いっ」

「……」

朝起きたときに記憶がなかったことや、常盤とのやり取りを思い出して、文月は一瞬怯む。と、母の後ろを通り過ぎようとした睦月が「それ使い方違うから」と、こそっと耳打ちしていった。

「もといっ！　朝帰りっ」

「――はい、すみません」

この後、母の前で正座をさせられて敏腕刑事真っ青の取り調べを受け、今更な『飲酒の心得』なるものをこんこんと説かれる、という苦行が待ち受けているとは――。このときぷふ、と笑ってしまった文月は、知る由もない。

10　幕切れと、それから

――その幕切れは、実に呆気ないものであった。

翌月曜、出社するやいなや野崎は都築によってどこかへと連れ出された。以後、文月はその姿を目にしていない。午後の会議で都築が語ったところによれば、別室で彼ら上役たちに接待での件を問い質されたた野崎は、当初突き付けられた数々の証拠を前にして尚、言い繕いシラを切ろうとしたらしい。その上、社内の倫理規定に抵触するとして謹慎と出向を正式に言い渡された際も、謹慎はともかく、出向は納得できないと息巻いたそうだ。この程度のことで、と。

同席していた常務の桜井は、そのセリフに失笑したという。

「薬物をアルコールに入れることは、この程度なのか」

「それはっ。ですが、これといった実害はなかったはずです」

「それを飲まされた者は昏倒したと聞いている。記憶の一部も欠けているそうじゃないか。これは実害とは言わないのか」

「桜井コーポレーションを害するようなことにはなっていませんっ！」

厚かましくもそう主張した野崎を、桜井はバッサリと切って捨てたらしい。

「我が社に属する者に害をなしたということは、我が社そのものに害をなしたということだ。〝桜井コーポレーション〟はそれを組織する個々人から成り立っているのだからな。そもそも同僚に使ったのと同じ手を、取引先へ使わないとどうして言い切れる？　我々はそのようなリスクを看過するほど愚かではない。この場に君を呼び出したのは申し開きを聞くためではなく、社としての決定事項を伝えそれを速やかに実行させるためだ」

というわけで、諸々の手続きが手際よく進められ、文月たちが終日の会議を終えてフロアに戻る頃には、野崎の痕跡はそのデスクに残されていなかったのであった。

「組織の自浄作用が働いたというわけだな」

曽根が淡々と、主（あるじ）を失ったデスクを眺めた。

「ま、因果応報（いんがおうほう）ともいう」

――私は地方で何年も必死に頑張って、ようやく本社の席を掴んだのよ。

昂然（こうぜん）と顎（あご）を上げ、文月を真っ直ぐに見据えた野崎の顔が浮かぶ。そうまでして掴んだ席を、こうも愚かな事情で手放すことになるとは。終わったという安堵とともに、ある種やるせない思いに囚（とら）われて文月は重いため息を吐（つ）く。野崎をあのように駆り立てたものが何であったのか、結局文月には理解できないままであった。

「どうした」

そのため息を聞き咎（とが）めたのか、曽根が尋ねてきた。

「……いえ。よくわからなくて」

「何が」

「あんな風に、野崎さんが駆り立てられた理由が」

曽根は、ふん、と鼻を鳴らす。

「俺にだってわからん。自分が足蹴（あしげ）にしようとしたヤツが、予想外に有能でタフだったのが気に入らなかったんじゃないのか」

「足蹴って、今、何気にトイプー扱いしましたねっ」

文月の頭をぽんぽんと叩いて、曽根は「吠えるな」と軽く笑った。

「まあ、理由なんてあってないようなもんだろう。たとえ理由があったにしても、何事にも程度とか加減ってもんがある。ああいう善悪の基準が甘いヤツは、その身をもってきっちりとそれを学ぶ必要があるんだ。こんな風にな」

曽根は片付けられた野崎のデスクを顎で示す。

「自分で引き起こした問題は自分自身で決着をつけるしかない。ただそれだけのことだ。考えても無駄なことをいつまでも考えるな」

「何ですか、それ」

文月は小さく笑った。

「そんなことよりも。お前が今すべきことが、目の前にたくさんあるだろう？」

曽根にそう活を入れられて、文月はやっと野崎の呪縛が解けた気がした。

そうだ。私は今まで通り。私のできることを毎日地道に積み上げていくだけだ。

＊＊＊

詳細が明らかにされないまま、野崎が本社を去るという情報が流れると、様々な憶測が飛び交った。例によって口さがない者たちは、文月のことをあげつらっているようだ。

「佐久間さんでしょ？　野崎さんを本社から追い出すなんて、結構凄腕」

「どうやったのかしら？」

「上司にすり寄ったんじゃないの？　〝野崎さんが虐めるんですぅーどうにかして下さいー〟って」

「やだぁ、こわぁーい」

昼休みの休憩室、コーヒーを買う司の後ろで野崎のシンパだったのだろうか、制服を着た女たちが姦しく笑っていた。そこそこ人がいる中で声を抑えようともせず、悪意に満ちた言葉が飛び交う。

噂はこうやって作られ、流されていくのだ。

「私たちも、気を付けた方がいいんじゃない？」

「――ほんと、その通りだよ」

がたん、と椅子を引いて座ると、司はにっこり笑ってその集団を見た。

「そんな根も葉もない噂を流していると、社内風紀を乱すって飛ばされちゃうかもよ」

「別に噂を流しているわけじゃっ」

司は椅子に寄り掛かり首を傾げた。おっとりとした口調と物腰ながら、その感情はよく測れない。

「それは失礼。ところで、野崎さんは謹慎だってね」

「え？　……ええ、そうみたいですね」

「それに、こんな時期外れの人事発令、珍しいよね。定例の異動の時期まで待てなかったのかな」

「さ、さぁ？」

「栄転じゃなさそうだよね。グループ会社とはいえ、桜井の名さえ冠していないところに出向だし。

これって、どういうことなんだろうね？」

「……」

女たちは落ち着きをなくし、視線を彷徨わせる。周囲の人は聞かないふりをしつつ、聞き耳を立てている。

「謹慎で出向ときたら、そりゃあ、本人が何かやらかしたんじゃないのって思うけど。違うの？」

「私たちも、そこまでは……」

「営業はさぁ、常務が管轄しているじゃない？　結構営業の噂とか、噂の出所とかチェックしているみたいなんだよね。ほんと、気を付けた方がいいよ。どこをどうやって、常務の耳に入るかわからないし」

司は女たちのＩＤホルダーの方に、チラと視線を流した。もちろんここからは見えないが、女たちは慌てて席を立った。

「ああ、噂を流していたわけじゃないんだっけ」

くすっと笑いながら司はその後ろ姿を見送った。

「……さすがです、常盤さん」

コーヒーを口にする司の隣に、女たちと入れ違いにやってきた須藤が腰を下ろす。

彼は営業一課に属し、原田のチューターでもある。そしてまた、文月の窮状を見かねて、時々営業先に同行させたり仕事を教えたりしてきた気遣いの男である。

「ああいうの、どうにかならないんですかね」

「どうにもならないんだろうね。ま、本人もストッキングだっけ？　振り回しながら頑張ってたみたいだけど」

「あの加藤さんだって、いつぞやここで女優を降臨させたっていいますしね」

須藤がだした懐かしい名前に、司は思わずくくと肩を震わせた。

「あれね。まあ、状況が似ていると言えば似ているから心配なんだよ。スペックとパッケージが一致しないでしょ、佐久間さんも。そういうのって、見くびられやすいんだよね」

司はかつて同期であった女性社員、加藤千速を思い出す。彼女は際立った容姿と、大企業の社長令嬢というその出自を隠し、普通のOLとして働こうと奮闘していた。地味に装った外見と、ずば抜けた実力とのギャップ。そして彼女の傍らにいつもあった、これまた同期でハイスペックな男。その彼との関係をやっかまれ、彼女は女子社員の反発を買うことも多かった。だから時として、力業で煩い輩を捻じ伏せていたのだ。

文月も、その幼げな雰囲気ゆえに、本人の実力をそのままには周囲に認知させない。

「かといって、佐久間さんを外見的に変えるっていうのは……」

ううむ、と呻る須藤に、司が冷たく言い放つ。

「何言ってるのさ。佐久間さんは、あのまんまの佐久間さんでいいんだよ。変な事考えないでくれる?」

「し、失礼しました」

「そうだなー。何か大きな仕事やり遂げたら、見る目が変わるかなぁ。それはそれで変なのも寄ってきそうで心配ではあるけど、まあ、それは僕がどうにかすればいいだけの話だし。ちょうど面白そうな案件もあるしねぇ」

いやぁ、あのときは大変だったけど、喜陶のときに仕込んでいたICレコーダー大活躍だよ、いいネタ拾えたしね、と呟く司を、須藤は引き攣った笑みで見た。佐久間さんも、野崎さんの次は常盤さんとか、タイヘンだな——。彼がそんな風に思っていたことなど、もちろん、司は知る由もない。

＊＊＊

——ピンポン。

定時少し前、ＳＮＳの着信音が響いた。

『迎えに行こうか』

土曜日の喫茶店での宣言通り、常盤からである。

むーりー。文月はデスクにパタリと身体を倒した。

野崎が本社から——というより、桜井から放逐されたという話は、あっという間に広がった。文月が何らかの形で関わっているのではないかと見る目も多い。

いや、自爆したんですよ！　そう声を大にして言いたい文月であるが、そこは置いておいて。

そんな中を！　迎えに行く、ですと？　いや、無理。

——ピンポン。

再びＳＮＳの着信音だ。

『来ちゃった』

がばっと身体を起こしてみれば、フロアの入り口で常盤が、や、と手を上げていた。

――神様。これはどういった試練でしょうか。

ぴき、と固まった文月の視線を追って、曽根が背後を振り返る。

「おう、早いな」

――ほ？

こちらにやってくる常盤に向かって、曽根が声を掛けた。

「ちょっと確認したいことがあって」

手近にあったキャスター付きの椅子を転がしながら、常盤は曽根の横に座る。

――からかわれた。

半眼でそれを眺める文月に気付いて、曽根が笑いながら口にした。

「うちのプーをあんまりからかうと、咬まれるぞ」

『プー』って誰っ！　もはや『トイプー』ですらないのかっ！　口許をひくりと引き攣らせる文月に向かって、常盤が首を傾げながら、ふ、と笑う。

「甘噛みくらいなら、されてもいいかも」

「お前な……こいつがそんな加減、できると思うか？」

「こいつって、どいつですかっ！」

思わず突っ込む文月を受けて、曽根は、ほらな、というようなニヤニヤ笑いを浮かべた。そして

「ガブッとくるぞ、ガブッと」と言いながら常盤を見る。

「――で？　確認したいことって？」

「ああ、例の喜陶の件なんですけど。あれ、誰が引き継ぐんですか？」

「たぶん、佐久間だろう。状況をある程度把握しているようだし、顔繋ぎも兼ねて謝罪に出向くって感じじゃないのか。――聞いてるか？」

曽根から話を振られて、文月は「わん」と返してやろうかと思ったが、取り敢(あ)えず踏み止まった。

「はい、都築課長から。明日先方に伺うことになってます」

「そう。ＩＣレコーダーでちょっと聞いたけど、あの提案は面白いと思う。鬼の窯印(かまじるし)や昔の図案を使った器(うつわ)で新規の市場開拓。そっちが軌道に乗って、新しい洋物のデザインを起こす際には、企画もかませてほしいな。セレクトショップ向けに展開できそうな気がする」

「軌道に乗るも何も、明日は取り敢えず、謝罪と担当の挨拶(あいさつ)でしかない……」

「この案件、動き出すと早いよ。鬼頭専務、結構乗り気だったし」

常盤が身を乗り出す。さすが企画のエース、商機に敏なのだ。

「明日訪問するなら、話を一気に詰めるつもりでいるといい。そのための準備、忘れないでね」

「……はい」

文月は目を瞬(またた)かせた。それを伝えに来てくれた？

「で、終わりそう？」

――ってだけじゃないですよね、はっは。わかってますともっ。

『帰りは僕が送る』

蚊帳（かや）の外に置かれるつもりはないと言い切った、一昨日と同じ清々（すがすが）しい笑顔に眩暈（めまい）がする。

「おい。喜陶の案件詰めとけって言ったそばから、終わりそう？　って。そんな胡散（うさん）くさい笑顔でプーに無理言うな」

「プーじゃないですからっ！」

「お前、咬（か）みつくのはそこか？」

「え？　……ああ、喜陶の件ですか？　接待の前に一応詰めてありますので、それを持ち込めばいいだけですから」

「マジか」

曽根が眉を跳ね上げる横で、常盤が頷いた。

「だよね。あの切り口からして、かなりリサーチしていると踏んでたよ。で、終わりそう？」

「プーは終わりかもしれないが、俺たちはまだ少しかかるぞ」

「だから、プーって……俺たち？」

文句を言いかけて首を傾ける文月に、曽根はふん、と鼻を鳴らした。

「今日の今日だろう？　ひとりで帰せるか。かといって常盤と二人で帰してみろ。それはそれでまた面倒くさいことになるだろうが」

——ご尤（もっと）も。

野崎の件で、暫（しばら）くは女子更衣室や休憩室で色々と取り沙汰（ざた）されるだろう。そこに常盤というオマケまでつけてやる必要はない。

「仕方がないから、今日は大護衛団を組んで送ってやろうというんだ。有難く思え」

それはそれで結構目立つっていうか。文月は少し遠い目をした。

——神様。何となく、身の丈に合わない役が割り当てられている気がするのですが、気のせいでしょうか。

結局、金曜日のメンバーが揃ってエントランスを抜けたのは七時過ぎである。

ファミレスで夕飯でも食っていくか、という曽根の声を聞きながら駅に向かって歩き始めたとき、文月は不意に視線を感じて足を止め、首を巡らせた。

車の行き交う大通りの向こう側。人の流れに逆らって立ち、野崎がこちらを——文月を見ていた。

この距離では、お互いにその表情までは窺い知れない。だが、文月はそちらに向き直り、背を伸ばして、く、と顔を上げた。逃げてはいけない気がして。

——やがて。

野崎は視線を逸らすと、くるりと踵を返して人混みに紛れ、見えなくなった。

いつの間にか隣に並んだ常盤が、文月の髪をくしゃりと乱し呟く。

「たぶん、これで終わりだよ。行こうか」

少し先の路上では曽根たちが、こちらの様子を眺めながら待っている。

「——はい」

文月は頷き、足を踏み出した。そうだ、終わったのだ。あるいは野崎も、それを確認するためにあそこに立っていたのかもしれなかった。

＊　＊　＊

翌日、謝罪を兼ねて担当変更の挨拶に出向いた喜陶では、専務が古い器や資料を用意して文月を待ち受けていた。常盤が言っていた通り、どうやら事は既に動き出しているようだ。

「この鬼の窯印を復活させるに足る品物を作りたいんだよ」

鬼頭はそれらをじっくりと時間をかけて文月に見せると、高台内の滑稽な表情の鬼を指先でなぞりながら微笑む。

「では是非、私どもにそのお手伝いをさせて下さい」

文月はそう力強く応えると、ターゲットとする購入層をどのあたりに絞るのか、ということから話を進めた。まずはそこを固め、それに合わせた商品展開と販売ルートを探っていくのだ。方向性や予算などかなり詰めた話をし、検討事項を持ち帰ることにして、文月は喜陶を辞去した。

昼前から降っていた雨に、雪がまじり始めている。

——雪。

喜陶からの帰り道、文月は白い息を吐きながら、先ほど見せられた器に思いを馳せる。少し時代を経た、濃淡の藍色で描かれた器はなかなか魅力的だった。その中に雪華紋もあったが、季節柄は取扱いが難しいだろうか。それに、白磁で高台を低く広くとった洋食器よりの現行の器に、あのデザインをそのまま当て嵌めていいものかどうか――。器自体の型を新たに作るとなると、時間も費用も掛かる。鬼頭専務は、果たしてどこまでやるつもりがあるのかによる。

脳内でシミュレーションを展開させつつ足を速めていると、桜井の本社ビル前でタクシーから降り立つ女性の姿が目に入った。

大きなバッグを肩に掛け、傘をさそうと苦戦している。黒いコートの両脇から、淡いピンクのもこもこした物体がぶんぶんと揺れていた。

「お願い。今ママは取り込み中なの。少しだけ大人しくしていてちょうだい。着いたら、アンタが泣こうが喚こうが、デロデロに甘やかしてくれるパパがいるんだから、それまでの辛抱よ。いい？」

それに応えるように、あうあうあぁっ！　という機嫌のよさそうな声が聞こえる。が、次の瞬間、ぱちぱちと女性の頬を叩いていた小さな手が、肩先の髪を無慈悲にむんずと掴むのが見えた。

「い、たたたたっ」

あれ、痛いんだよね。従姉の息子で体験済みの文月は、同情した。タクシーの運転手は、トランクルームからベビーカーを取り出すと、その女性の横に置いて、では、と去っていく。

――どうしよう。こんな天気の日にベビーカーってことは、この近辺のビルに用事かな。少し迷った末、文月は声を掛けることにした。

「あの、よろしければお手伝いしましょうか？」

くるり、と振り向いた女性は、髪を引っ張られる痛みにやや表情を歪めていたが、それでもとても美しかった。まるで日本人形のようだ。そしてその胸元には、ピンクの小さなクマ――クマ耳のついたピンクのカバーオールを着た赤ん坊が納まっている。

「どちらまでいらっしゃるんですか？」

「すぐそこの桜井コーポレーションですから……」

大丈夫、と言いかけたのだろうその女性は、ちらり、と文月の社章に目をやって微笑んだ。

「ありがとう、手伝っていただけると助かるわ」

文月はベビーカーを引き受けて、その女性とともにエントランスを抜ける。「赤ん坊連れだけど、一応ビジネスなの」という女性を受付に案内した。

「ついでですから、訪問先までベビーカーをお持ちしますよ」

受付を済ませ、訪問者カードを手渡された女性は少し躊躇ったようだが、「じゃあ、お願いしようかしら」と言ってエレベーターに乗り込んだ。

女性によって、ぴ、と押されたボタンは思いの外高層階だ。確か、役員室が並ぶフロアだったはず。何者だろう、と首を傾げていると、途中で偶然常盤が乗り込んで来た。

「あれれー。奥サマは赤ん坊連れですか」

「お久しぶり。私を呼ぶと、もれなくコレも付いてくるのよ」

「こんな天気なのにご苦労様。ベルナール社のナタン氏が来ているんでしょ？　僕もそれで呼ばれたんだよ。佐久間さんも、お帰り」

それから、文月が持っているベビーカーに目をやって微笑んだ。

「奥サマに荷物持ち、頼まれちゃった？」

「いえ」

「あら、知り合い？　彼女は、タクシーを降りて困っていたところに現れた救いの天使なのよ」

赤ん坊が相槌を打つように、ああう、と声を上げる。ふぅん、と言いながら常盤が文月の頬に指の背を滑らせた。

「……い」

文月は固まった。来客の前で何をしていらっしゃるんデスカっ！

「真っ赤だね。でも、冷たい。外は寒かった？」

いやいやいや、赤いのは、寒さのせいだけじゃ、なくてですね！

「あんたね。それ、セクハラ」

呆れたように、その女性が口にする。

「失礼だな。僕は、彼女を口説いている最中なんだから許されるんだよ。それに逃げ場はないけど、二人きりじゃないし。実里ちゃん、ばっちり見てるじゃない」

「見られてるってわかっていての振る舞いってとこが問題なんでしょうが」

「嫌じゃないよね？」

「――え、ええっ!?」

同意を求められて文月は顔を引き攣らせた。

それ、私に聞くんデスカ。

嫌っていうか、嫌じゃないっていうか、このシチュエーションで自分がどう感じているのか、よくわからないです。

「ほら。困ってるじゃない」

「困ってるんじゃなくて、照れてるんだよ。ね？」

「そういうの、詭弁っていうのよ」

ちん、と鳴って、エレベーターのドアが開いた。恐ろしい魔空間からそそくさと脱出した文月は、常盤から改めてその女性を紹介された。

「こちら、常務の奥サマで僕の同期だった、桜井実里さん」

奥サマって、常務の奥サマってことでしたか。桜井夫人は美しく微笑んで、文月に向かって囁いた。

「このヒト、ぽややんとして見えるけど結構策士なの」

知ってますとも！　文月は、ぶんぶん、と頷いた。

「気が付いたら外堀全部埋められてたってことにもなりかねないから、嫌なら嫌ってちゃんとはっきり言うのよ」

「――はい」

「何てこと言うのさ、実里ちゃん。僕はこっそり外堀を埋めたりしないよ。寧ろ、本人が埋められてるってわかりやすいように――」

「はいはい」

「だって、そうしないと、この子わからないんだよ」

「……あぁら。どこかで聞いたようなハナシだわ」

文月からベビーカーを受け取ると、むふ、と常務夫人は目を細めた。

「これから司を通じてお目にかかる機会も増えると思うの。よろしくね。それから、ご親切に声を掛けてくれてありがとう。とても助かったわ」

「じゃあ佐久間さん。帰りは迎えに行くからちゃんと待っててね」

「あのでも、もうひとりでも大丈夫じゃないかと……」

野崎の心配ならば、昨日の様子からいっても、もうないような気がする。だというのに。

「迎えに行くから」

そう念を押すと、常盤は文月の返事を待たず、常務夫人と並んで歩み去る。

「あんまり強引にして、逃げられてもしらないわよ」という常務夫人の笑いを含んだ声に、「逃げたら追うのみ」という恐ろしいセリフが聞こえた。

ええと、それは具体的に今日の帰りのことを言ってます？　それとも、もっと深い意味が？

一難去ってまた一難――

自分が『難』認定されたと知ったら、常盤はどんな顔をするだろう。文月はエレベーターの下りボタンを、えいっと押した。

＊　＊　＊

「――確かに野崎さんのことは大変だったと思います」

帰宅準備をして小走りで休憩室に向かっていた文月は、聞こえてきた女性の声に慌てて足を止めた。

『休憩室で待っている。ゆっくりで構わないよ』

そう常盤からSNSで連絡が入ったのは、つい先ほどのことだ。

月曜からこちら、常盤は文月の帰宅に時間を合わせてくれている。というか、僕の気が済むようにしたいだけだから、という理屈で、駅の改札まで送ってくれるのだ。自宅最寄駅まで送るという申し出は、さすがに辞退したのだが。

「常盤さんがそれに責任を感じていたってこともわかります。でも、それに付け込むようなことをするなんて、佐久間さんもどうかと思います」

営業も企画も、退社する時間はそこそこ遅い。人目をそれなりに避けているつもりであったが、それでも、誰にも見られずに済んでいたわけではない。つまり、人の口に戸は立てられない、ということなのだろう。声の主は、司に連日送ってもらっている文月に対しての憤り(いきどお)を隠さない。

実際のところ文月自身も、常盤に送ってもらうことを心苦しく思う一方で、その時間を楽しんでいたりもするのだから、そういった非難は強ち(あなが)間違いではない、とも思う。

付け込んではいないけど、流されている、というか……

文月は廊下の端に歩いていき、壁に背を預けると小さくため息を吐い(つ)た。このまま何も聞こえなかったふりで、あそこに踏み込む勇気はない。かといって、再びデスクに戻って常盤を待たせ過ぎるわけにもいかない。

――さて、どうしたものだろう。

「その場はお任せいたします！」ということで、自分だけ帰宅するという選択は許されたりするだろうか。

「責任？」

スマートフォン片手に悩む文月の耳に、不思議そうな、でも、僅かに険のある声が聞こえた。常盤が薄い笑みを浮かべ、おっとりと首を傾ける様が目に浮かぶようだ。

「常盤さんの企画に、佐久間さんを呼んだことで、野崎さんから要らぬやっかみを受けることになったと聞いてます」

「ふぅん」

「でも、野崎さんの件はもう終わったことですし、常盤さんがこれ以上佐久間さんに関わる必要は――」

「あのさぁ」

とん、とカップを置く音がした。

「何が言いたいわけ？」

決して声を荒らげているわけではないのに、空気がピンと張り詰めるのがわかる。

「っだから、常盤さんがそんなに責任を感じて佐久間さんに構う必要は」

「責任なんか感じてないよ。あんな理屈に合わない悪意の原因が、僕のせいだなんて思わない」

「じゃあ、何で……」

やり方だ。

明確な何かを口にしているわけではないのに、相手にその意図を正しく伝える——常盤らしい

「何でだろうね？」

暫くの沈黙の後、その声の主が絞り出すように言った。

「——相応しく、ないと思いますっ。常盤さんの隣に立つのは、もっと大人でもっと洗練された女性であるべきです。加藤さんや谷口さんなら、私だって納得しました。それなのに、あんなっ」

「べきって」

常盤が失笑した。

「僕に誰が相応しいかなんて、僕が一番よくわかっているよ。何といってもそれを選ぶ本人なんだから。他の誰かが僕以上の選択ができるなんてこと、あると思う？　そもそも、選択権が常に僕にあるとも限らないんだし」

がた、と椅子から立ち上がる気配がした。

げ。こんな微妙な話の後、どっちが出てくるにしても、ここに私がいてはまずいのでは……

文月は慌てて壁から背を起こすと、そろりと後退し始めた。

ええ、ええ、敵に背中を見せるなってね！

目標。左後方非常階段の扉。敵に察知されることなく退避せよ！

「それに」

常盤の声はまだ続く。

「他人がどう思うかなんて、僕が気にすると思う？」

だーよーねー！　出たよ、全き自分スタンダード。

「寧ろ、付け込んでいるのは僕の方だったりするしね」

文月の手が非常階段のドアノブに掛かったとき、休憩室から悠々と出てきた常盤とバッチリ目が合った。

やばっ。慌ててドアを引き開けようとした文月の背後から足音が聞こえて、ばん、と勢いよくドアが押さえ込まれる。瞬間移動デスカ、常盤さん。

えへ、と半笑いを浮かべて振り仰ぐと、常盤がにっこりと微笑んだ。

「――で、どこに行くのかな？」

「ど、どこだったかな」

文月の腕ががっちり掴まれた。

「そろそろ来る頃だろうと思ったんだ。佐久間さんは、僕をあんまり待たせないように気を遣ってくれるでしょ」

それから、文月の手に握られたスマートフォンにちらりと視線を向け、常盤が一層笑みを深める。

「連絡をくれようとしていたのかな？」

「そ、そうです、そうです！　ＳＮＳを！」

かくかく、と文月は頷いた。

くい、と常盤が文月の顔を覗き込む。

近いって！　でもって、目が笑ってないって！

「何て？　〝お取込み中に付き、お先に失礼します〟とか、かな」

休憩室の外で聞いていたの、バレてるし。

常盤は後にした休憩室を気にするでもなく、文月の腕を掴んだままエレベーターホールへ向かって歩き出した。

「ひどいな。僕を残してひとりで逃げるつもりだった？」

「経験上、あの手の主張をするタイプとは、話が合わないって知っているものですから」

「――経験上、ね」

エレベータに乗り込み並んで立つと、文月を掴んでいた手が離れた。もしかしたら、常盤は少し怒っているのかもしれなかった。降下する感覚に身を任せながら、文月はおずおずと口を開く。

「男に媚びているとか、取り入ってるって言われるなら、真正面から立ち向かうことができるんです。そんなことした覚えは、これっぽっちもないんですから」

常盤がこちらを見たのがわかったが、文月は視線を合わせなかった。

「相応しくないとか、似合わないとか、昔から散々言われたので慣れているはずなんですけど」

俯くと、首元に巻いたマフラーに鼻先まで埋もれて声がくぐもる。

「それに反発する一方で、そんな風に見くびられてしまうような自分であることが少し辛かったりするんです。私は私であることに満足しているのに、他の人はそれじゃ足りないって思ってる」

横から伸びてきた手が、くしゃり、と文月の髪を乱した。

「さっき名前が挙がった二人は、どんな方なんですか？　――こんなこと聞くなんて、嫉妬（しっと）しているみたいですよね」

「嬉しいね」

常盤はそう言ってクスッと笑う。

「あの手のことを口にする人は、自分が手に入れることができないものを、他人が手に入れるってことが許せないだけなんだと思うよ。別に、佐久間さんに何かが足りないわけじゃない。足りないって思わせて遠ざけようとしているだけなんじゃないかな」

エレベーターの扉が、ちん、と鳴って開いたが、文月は動くことができなかった。

――足りないわけじゃない。

立ち尽くした文月を振り返って、常盤が扉を押さえる。

「どうかした？」

目を瞬（またた）かせて首を振ると、文月は慌ててエレベーターを降りた。

「足りなく、ないんでしょうか」

「だって、佐久間さんは自分であることに満足しているんでしょう？　それは十分足りてるってことだと思うけど。仮に向き合う相手が〝足りない〟って言うのならば、そのときは補えばいいんじゃない？」

全き自分スタンダード――

そうだ、常盤司という人は、こういう人だった。

文月は、ふふ、と小さく笑い、常盤と肩を並べて歩き出した。

「因(ちな)みに、さっき挙がった二人。ひとりは佐久間さんもついこの間会っているんだよ」

「この間？」

「常務夫人」

「なるほど納得のセレクションです」

「どこが？」

常盤は苦笑する。

「彼女は頭も切れるし口もまわるしで、僕の手には負えないタイプだよ」

「いえ、常盤さんと並んだときのバランスが絶妙だと」

「勘弁してほしいな。常務に殺される」

自動ドアを抜けると、冷たい冬の空気に吐く息が白く染まった。

「もうひとりは？」

「もうひとりは、〝美しき刺客(しかく)〟であり〝薄墨(うすずみ)の君〟」

「何ですか、それ」

「そういう二つ名がつくような女性(ひと)だったってことだよ。そうだな、僕に言わせれば佐久間さんに少し似ている」

「私に？」

「そう。自分の決めた目標に向かって、ブレないで突き進んでいく。でも真っ直ぐすぎて、ちょっと危なっかしいんだ」

そう語る常盤の横顔も声音もとても優しい。

文月の胸が、少し捩れた。

――似ている。

そういえば常盤は、文月の向こうに誰かを見ているようなときがなかったか？

「同期だった男と結婚して、桜井を辞めて今はニューヨークにいるんだ。でも、毎年クリスマス休暇にはこっちに帰ってくるから、なるほど納得のセレクションか確かめる機会があるかもしれない」

「――常盤さんは」

ん？　というように首を傾げ、常盤が文月を見下ろした。

常盤さんは、その女性のことが、好きだったんですか？　その女性に似ているから、私を構うんですか？

ああでも、そんな聞き方はフェアじゃない。だって。

「――私は」

じゃあ、私は？　私は、この男性のことが好きなのだろうか？　心配されて、構われて、想われているという心地よさに流されて甘えていたけれど、私はどうしたいのだろう。

常盤のコートの袖口を引っ張って、文月は立ち止まった。

かつて、健斗のときにはあっさり流せたはずの言葉。それなのにさっきは、相応しくない、と言われて確かに動揺した。そして今は、私の向こうの誰かに心を軋ませる自分がいる。

「私は、常盤さんのことが、好き、なのかもしれません」

——って。

文月は、はっと我に返って赤面し、慌てて袖口から手を離そうとした。

しかしその手は繋ぎとめられ、離れかけた身体は、くい、と引き寄せられる。

「知ってるよ」

瞳を覗き込まれて、文月は視線が逸らせなくなった。

「知ってる」

そう繰り返した後、常盤は首を傾ける。

「どうしたら、確信が持てるのかな。かもしれません、じゃなくて」

——だって。

「常盤さんは時々、私じゃない私を見て……」

瞳が揺れる。あからさまに示される想いに気付いてからも、本当に好きになっていいのか、わからなかった。その関心とその好意は、正しく私に向けられたものなのかな、と思ってしまって。

がっかりしない？　うんざりしない？　私をその誰かと比べて。

文月は引き返せるギリギリのラインで立ち竦んで、そこから踏み出せないでいる。

——好き、なのかもしれません。

そんな風に、常盤にも、自分にも、簡単になかったことにしてしまえる狡い言い方をして。

しかし今更、そんな逃げを常盤が許すはずもなかった。一瞬目を瞠った常盤は、次の瞬間口許に笑みを貼り付けて文月ににじり寄る。

「ふぅん。それは何かな」

笑っているのに笑っていない顔が、間近に迫る。

ああ、ご機嫌急降下だ。

いつの間にか、そんな表情から感情の機微を推し量ることができるほどに、常盤と親しくなっていたことを不思議に感じる。

そういえば文月だって、常盤を健斗に重ねて苦手にしていたことがあったのだった。

「僕が、佐久間さんを誰かの代わりにしているんじゃないかって、疑っているってこと？」

狭まった距離は、更に詰められる。

「心外だな。僕は、ニセモノを手に入れて満足するようなタイプじゃないよ。戦う相手が上司だろうが同期だろうが友人だろうが、欲しいものは本気で獲りにいく。今みたいに。まあ、確かに佐久間さんを見て懐かしく思い出す女性はいるけれど、それはただそれだけのことだよ」

文月は目を瞬かせた。

つまり、常盤が見ているのは間違いなく文月で、文月自身を本気で欲しい、と言ってくれているのだ。

視線の向こうで、少し滲んだ常盤がぼやいた。

「おかしいな。そんな見当違いの解釈を許すような攻め方をしたつもりはないんだけど」

冬の外気に冷えた頬に、温かな雫が伝う。

「〝外堀は、本人にそうとわかりやすく埋めていけ〟っていう、同期だった男のアドバイスに従ってね」

常盤の指がそれをそっと払い、文月の頭を片手でゆっくりと胸に引き寄せた。

「今日は青いストライプじゃないけど」

目を閉じると、いつかのように額に常盤の鼓動を感じた。緩やかな、穏やかな、宥めてくれるようなその心地よいリズムに、文月は身を任せる。

思い返してみれば、常盤はその好意を隠すことをしなかったが、押し付けることも決してしなかった。文月が迷ったり躊躇ったりする余地を残してくれる。

今だって、常盤は頭を撫でるばかりだ。文月はそろそろと常盤の背に手を回し、ぐ、と力を込めた。

「――ええっ⁉」

不意に抱き付かれた常盤は、文月の頭から手をはなした。

文月は、ふふっと笑ってから、くいと顔を上げる。

いつも文月だけがアレグロの鼓動を刻むなんて、不公平だ。

「私、常盤さんが好きです」

少し泣いたから、目だって鼻だってきっと赤くてみっともない。だけど。その一歩は、きちんと今、踏み出したかった。

とはいえ、目の前の常盤はそれどころではなさそうで、「うわ、涙目で上目遣いとか、何これ、わざとやってるわけ？」というわけのわからないことを呟くと、再び文月の頭を勢いよく胸に押し付けたのだが。

「――っぷ」

「ああ、ごめんっ、ていうか、断っているわけじゃなくて」

「う？」

「いつ、その言葉を聞けるのかと思っていたから、嬉しいよ」

文月の身体に常盤の腕が回されて、今度はしっかりと抱き寄せられた。ドキドキするのに、側にいると安心する――。何だか不思議だ。

「――アッチェレランド」

「何？」

「心拍が加速して死にそうってことです」

「僕もだよ」

文月の手が常盤の胸に導かれた。

「ずっと好きだった子を、ようやく手に入れたんだから」

徐（おもむろ）に甘やかな微笑みが近付いてきたと思うと、文月の唇を軽くついばんで離れていった。

「――っ!!」

思いっきり目を見開いて固まった文月に向かって、常盤が笑みを深める。

「ほら、ドキドキしてるでしょ」

い……いやいやいやっ！　そうじゃないでしょ！　ってか、自分の鼓動が煩くて、掌にアナタの鼓動を感じ取るなんて、もはや無理ですってっ！

文月は常盤の拘束をあたふたと抜け出した。あっさりとそれを許した常盤は、後退った文月に向かって、改めて手を差し延べる。

「帰ろうか」

一瞬躊躇った後、文月はそろりと足を踏み出し、その手に指を滑り込ませた。

「また〝お手〟って言われたら、常盤さんを振り切って、ダッシュで帰ったかもしれません」

「あのときは、そうでも言われなかったら、踏ん切れなかったでしょ」

そう言って笑うと、常盤は文月の手をしっかり握り直し駅へと歩き出す。

「ところで佐久間さん。キスまでした仲なんだから、プライベートでは僕のこと名前で呼んでくれない？　僕も文月ちゃんって呼ぶから」

「……取り敢えず今の状況にいっぱいいっぱいのワタシに容赦ないですね、ト・キ・ワ・さん」

「なるほど。僕たちの距離は縮まっていない、と？　あの程度、キスの内に入らないということかな、フ・ヅ・キ・ちゃん。何なら今ここで、その説得と懐柔をもう一度試みるに吝かではないよ」

――神様。ここに天使のような微笑みを浮かべた悪魔がいます。

「そんな、滅相もない……っ、司さん？」

「何？　言い難い？　練習してみる？」

「……うう、意地悪」

「知らなかった？」

「知ってました、けど」

「じゃあ、そういう僕を選んじゃったって諦めてね」

「選択の余地が、まるで私にあったかのような言い方ですよね」

「何？　よく聞こえなかった」

「……わんっ！」

そして。会社から大して離れていない路上でやらかしてしまった、という事実に文月が思い当たったのは、そろそろ駅に着こうかという頃であった。

今更かいっ！　と笑うことなかれ。あの瞬間、文月は目の前の常盤しか見えていなかったのだ。

突然足を止め青褪めた文月を、常盤が怪訝そうに見つめる。

「どうかした？」

どうもこうも！　文月は繋がれた手に視線を落とす。コレだって結構マズいんじゃないの、とこれまた今更ながら、虚しく自分に突っ込んでみた。

「ええと、常盤さん」

「……」

無言でにっこり微笑まれて、文月は口許を引き攣らせつつ言い直す。

「司さん」

「何でしょう？」

「先ほどの状況を、会社関係者に目撃されていたなんてことは」

「その心配、今更なの？」

ふ、と笑った常盤はシレっと言い放った。

「あのとき、ちゃんと通りからの死角に誘導してあげたじゃない」

「そ、そうだったんですか？」

「そうだったんですよ」

文月は目を瞬かせる。

「ええと、じゃあ、これは？」

繋いだ手をちょっと持ち上げてみた。

「終業直後ならともかく、ウィークデーのこの時間帯だよ。文月ちゃんが気にするような制服組の女子社員は、とっくの昔に退社しているでしょ。でもそうだね、さっきみたいな輩も皆無というわけじゃないし、残念だけど、文月ちゃんの心と日常の平穏のためにも、今日はこの場所までにしておこうかな」

常盤は名残惜しげに手を解き、文月の髪をくしゃりと撫でた。

＊　＊　＊

それにしても、と司は苦笑する。

司の想いを測りかねて、司への想いを定めかねて、あんな風に身構えて躊躇（ためら）っていたというのに。

彼女は司の言葉にゆっくりと解けていくと、思いがけない率直さで丸ごと自分を委ねてきた。

怯（おび）えさせないように、だけど、逃がさないように、しっかりと彼女を抱き締める。ようやく捕まえた、小さくて柔らかな温もり。司が、ずっと手に入れたかった陽だまり。

全く彼女には敵（かな）わない。翻弄（ほんろう）しているつもりで、翻弄されるのは、結局いつも司の方だ。

だから、ついついからかって、ついつい困った顔をさせてみたくなる。

唇に不意打ちでキスを落とし、真っ赤な顔を覗き込んだ。

——さあ、僕の名前を呼んで。

11　友情と恋情と

「夜にまた連絡するから」と言う常盤と駅で別れ、文月はサラリーマンで混み合う電車にひとり乗り込んだ。

——ううむ。車窓に映った文月は、眉間（みけん）に皺（しわ）を軽く寄せ、困ったような、怒ったような、ニヤけたような、複雑な顔をしている。まるっきり隠す気のない腹黒さ全開で迫られてしまった。

これは、どうなんだろう……

苦手だ、と思ったあのカンが正しかったのか？

——それとも。

吊革にかけた指先を見つめる。この指先の選択が、正しかったのか？

今更、常盤から逃げられる気もしないけど。っていうか、逃げる気なんて、そもそもないのかもしれないけど。

不意に重ねられた唇を思い出して、ぼしゅっと音がしそうな勢いで顔に血が昇る。文月はマフラーに顔を埋めた。

ああ、たぶん。あの袖口を掴んだときにはもう、文月の心は決まっていたのだ。

気持ちがフワフワとしているから、足取りだって軽くなる。電車を降りると、文月は改札を抜けて、真冬のシンと冷えた空気の中を歩き出した。

曖昧な気持ちと立場で迎えるはずだったクリスマスだけれど、お互いに想いが通じたとなれば、それは特別な意味を持つ日になる。そう、今の自分の気持ちにぴったりのプレゼントを探さなくては。大人の男の人に喜んでもらえるようなものって何だろう。マフラーに鼻先まで埋めるようにして歩いていると、目の前に革靴が立ちはだかった。

——このパターン、何となく記憶にある。

恐る恐る視線だけ上げると、予想に違わない人物が立っていた。

文月はその人物を認識するや、タクシー乗り場へと踵を返す。折角のフワフワ気分が台無しだ。

「違うんだ、文月っ」

何が違うんだ、ぶわぁーかっ！　無言で足を速める文月の横に健斗が並ぶ。

「謝ろうと思ったのに、お前、電話もメールもまるっきり無視でっ」

ぴた、と足を止めると、数歩行き過ぎた健斗が慌てて戻ってきた。

「いやっ、そうされても仕方ない行いをしたと思ってる。反省してる」

文月の前に直立した健斗は、やにわに頭を下げた。

「最低のことをした。ごめん」

おおっと、最敬礼ときたか。さすが某有名電機メーカー、社員教育が行き届いているじゃないの。

とか言ってる場合じゃなくてっ！

健斗らしいと言えば健斗らしい直情さだけど、人目がある駅前ロータリーで何てことしてくれるのよ。時と場所を弁えなさいよ、全く。

二人を遠巻きに行き過ぎる人や、客待ちのタクシー運転手から投げかけられる好奇の視線に文月はため息を吐くと、健斗にくるりと背を向けいつもの道を辿るべく歩き始めた。

「半径一メートル以内に近付かないで」

後ろに続く気配に、そう釘を刺すことはもちろん忘れない。

「ヒールの脛打ちとビジネスバッグの威力はよく身に染みたから、迂闊に近寄ったりしない」

その返事に、文月はふん、と鼻を鳴らした。賑やかな駅前を通り商店街を抜け、健斗を従えて無言で歩く。暫くすると、背後でポツリと健斗が呟いた。

「――好きだったんだ」

告白したり、告白されたり、今日は一体何なんだろう。

「誰が？」

「俺が」

「誰を？」

「お前を」

「いつの話よ？」

「ずっとだよっ」

「……の割には色々あったけど」

「それは諦めようとしたり、諦めきれなかったりした、俺の足掻きっ！」

適当にあしらう文月に、健斗がやけくそ気味に言い放つ。

「――あのさ」

文月は肩越しに健斗に視線を投げた。

「健斗が好きだっていう私は、どんな私？　確かに私たち、幼馴染でお互いのことよく知っていたけど、それは中学に入るまでだよ。この十年、まともに話したことだってないのに」

「十年経とうが、変わらないモノがあるだろう？」

「そうかな？」

首を傾げながら文月は頷く。

「……まあ、そうなのかもね。でも、変わったところの方が多いはずだよ」

社会人になってからの、僅かな年月であってさえそうだ。色々な人と出逢って、色々な出来事を乗り越えてきた今の文月は、真新しいスーツを身にまとったばかりの頃の文月とは明らかに違う。

「健斗だってそう。変わらないモノも確かにあるだろうけど、変わったところの方がきっと多い。こうやって話せば懐かしく思うけど、それを越えて個人的な感情を抱くほど、私は今の健斗のことをよく知らない」

「……容赦ないヤツだな、お前」

苦笑まじりの声に文月は足を止め、くるりと振り返って健斗と対峙した。

「ねえ、健斗。その好きはきっと、今の私に向けられたものじゃないよ。健斗の中にいる、今はもういない私に向けられた感傷に過ぎないと思う」

健斗は強い視線で文月を見つめていたが、やがて夜空に向かって「くっそっ」とひと声叫ぶと、髪をかき乱した。それから、何やらやるせないような笑みを浮かべ、立ち止まったままの文月を追い越してゆく。

「文月は昔からそうだ。俺が嫁にしてやるって言ったときも、〝ふうはパパのお嫁さんになるから無理〟って素っ気なかった」

「いつの話よ」

その背中を眺めながら、文月もゆっくりと後に続く。

「ほら、覚えてないだろう？　幼稚園のさくら組のときだ」

「寧ろ、健斗の記憶力に脱帽」

ふっふ、と笑う文月に背中を向けたまま、健斗は言葉を継いだ。

「……文月」

角を曲がれば、文月の家まであと少し。今日も遠回りして、家まで送ってくれるつもりなのだろう。

「なぁに？」

「元に戻れたみたいで嬉しかったんだ」

「うん」

「俺たち、親友みたいなものだっただろう？」

「まあね」

「そういう風には戻れる？」

振り返った健斗に、いつぞやの切羽詰まった雰囲気はない。文月は肩を竦めてみせた。

「私は男女間の友情を否定しないよ」

一旦足を止めた健斗は、文月が横に並ぶのを待つ。

「お前甘いよ。俺じゃなかったら付け込まれるぞ」

「でも、健斗は付け込んだりしないでしょう？」

「……まあな。親友だからな」

「いきなり親友とか、図々しいんじゃないの」

「お互いおねしょしていた年まで知っているんだから、ただの友達じゃないだろう」

文月の決定的な拒絶に傷付いていたとしても、健斗はそれを表立っては見せなかった。だから、文月もそれに気付かないふりをする。

「じゃあ」

家の少し手前で立ち止まり、健斗が手を上げる。振り返らずに去っていく、古くて新しい親友の背中を、文月は暫く見送った。

＊　＊　＊

『全く、危なっかしいな。あんなことがあった相手なのに、そんなに簡単に友情を約束しちゃって大丈夫なの？』

健斗との経緯を聞いた常盤が、電話の向こうで深々とため息を吐く。

『それに彼は、積年の想いをあっさりと友情にシフトダウンできるのかな』

「そんな言い方、まるで嫉妬しているみたいです、司さん」

文月が茶化すように口にすると、常盤はあっさりと肯定した。

『もちろん妬いているんだよ、文月ちゃん。僕にはその幼馴染の彼に対して、時間と距離のハンデがあるんだから』

「ハンデ？　アドバンテージじゃなくてですか？　私が頑張りたいときに頑張れって言ってくれるのも、泣きたいときに胸を貸してくれるのも、司さんですけど」

知り合ってからの時間の長さだとか物理的な距離ではなくて、ともに過ごす時間の密度だったり心理的な距離でいえば、今の文月にとっては常盤の方がずっと身近だ。

『——参ったな。キミは時々、そういった殺し文句を無自覚に口にする。不意打ちされる身にもなってみて』

常盤は苦笑まじりにそう言うと、でも、と意地悪そうに付け加えた。

『もう少し色っぽい例を挙げてもらえるように、僕も努力しないとね』

「——っい、色っぽいって何がですかっ」

動揺する文月を他所(よそ)に、常盤はさらっと話題を変えた。

『ところでクリスマスなんだけど』

「——はいっ？」

『幼馴染(おさななじみ)の彼との関係にも決着がついたみたいだし、折角だからのんびりできる祝日の二十三日にしようか。初めてのデートっていうことで、どこか行きたいところはある？』

——デート！

かつては、常盤と二人で出かけることなど思いもよらなかったというのに、デート、とかっ。この際、部屋に泊まったことだってあるという事実は置いておくとして。スマートフォンを耳にしたまま、文月は抱え込んだクッションに顔を埋(うず)めた。

いつの間に、こんな風に、このヒトのことを想うようになったのか。謎だ——

『文月ちゃん？』

「ふぁい」

いつの間に、このヒトが、こんな甘い声で、自分の名を呼ぶようになったのか、謎だ。

＊　＊　＊

『どこでもいいんですか？』

「いいですよ」

暫(しばら)くの沈黙の後、電話の向こうで彼女の声が弾んだ。

『じゃあ、ええとあの、是非観たいものがっ！』

無理矢理取り付けた感のあったクリスマスの約束は、諸々の出来事を経て、ようやくデートという共通認識を得るに至った。

彼女が彼女自身の気持ちを自覚しないまま、雰囲気で押してしまうことも考えなかったわけではない。何となれば、司にとってそれは決して難しいことではなかったと思う。

ただ、そんな風にしたところで、遠からず立ち止まり、考え込み、迷う彼女を想像できてしまったから、自分は待つことにしたのだ。散々外堀を埋め立てた後であったというのに。

司はスマートフォンを耳にしながら苦笑する。

いやはや、全くもって手強(てごわ)い。

思いがけずその気持ちを自覚してくれた今となっても、普通のクリスマスデートとは、些(いささ)か外れた方向に、コトは進んで行きそうな気配だ。

でも、だからこそ、の佐久間文月である。司が惹かれてやまないのは、寧ろ、そんなところでもあったりするわけで。

「観たいもの？」

『ああ、どうしよう。昼の部と夜の部では演目が違うんです。チケット取れるかな』

言葉尻からも、そのワクワクとした気分が伝わってくる。

どこに、何を観に行くことになるにせよ、恐らく自分はそれを楽しむ彼女とともにいることで、十分に楽しめるのだろう。

『司さん、〝松の廊下〟と〝討ち入り〟、どっちが観たいですか？』

12　ロマンスの行方

「そういえば昨夜、面白いものを見た」

夕刻文月が外回りから戻って来ると、向かいの席に座った曽根が、パソコンから視線を上げないまま話しかけてきた。

――昨夜。

文月は一瞬、鞄から資料を取り出す手を止めた。いやいやいや、常盤は『死角に誘導した』と言っていたし。

「そうなんですか？」

取り敢えず、軽く流して椅子に座る。

「暗がりだったからよく見えなかったが、あれは間違いなく常盤だったな」

ぎく、と文月の肩が跳ねた。

「こっちからの視線を身体で遮るようにしていたが、背中に手がな」

具体的にどこで何がどう、とは口にしないが、身に覚えのある者にはよくわかる程度の含みのある表現。恐る恐る視線を上げると、ニヤニヤ笑う曽根と目が合った。

「とうとうリードを繋がれたか」

「リ、リードってっ！」

文月は顔を赤らめた。

「天真爛漫に走り回るプーもよかったが、厄介事に巻き込まれたり、余計なことに鼻を突っ込んだりで、危なっかしいことこの上なかったからな。ここは、リードでしっかり繋がれておくがいい」

やっぱりトイプー扱いですかっ、と憤慨する文月を他所に、曽根は頭の後ろで手を組み、椅子の背に身体を預けて大きくため息を吐いた。

「俺のロマンスはどこに落ちているんだろうなー」

「はぃ？」

「打算も駆け引きも越えたところにある、ピュア・ラブ」

「何、言っちゃってるんですか」

『仕事はできるが女性関係に難アリ』と言われ、確かにそういった時期もあったらしい曽根であるが、文月が知る彼は、存外誠実で堅実だ。周囲が言うほど、あるいは本人がそう装うほど、いい加減に遊んでいるわけではないのだろう。

ぷふ、と笑う文月の背後で、何やら聞きかじったらしい須藤が足を止める。

「ロマンスって落ちてるものなんですか?」

眉を上げる曽根に、須藤は肩を竦めて続けた。

「曽根さんだってご存知でしょうに。否も応もなく気付いたらその渦中にあるっていうのが、ロマンスですよ」

須藤に生温かい視線で見下ろされて、文月は目を瞬かせた。

「でもって、得てして本人はその渦中にある自覚がなかったり」

私? 文月は自分を指差して眉を顰めた。

「――って感じですよ」

なるほど、というように曽根は頷く。

「そういえば、お前の隣でもロマンスの嵐が吹き荒れていたことがあったな」

そうそう、加藤さんですよ、と須藤が懐かしむようなウンザリするような表情を浮かべた。

「あれは結構、精神をガリガリ削られました。当人が無自覚だっただけに。というわけで、僕はロマンスなんて御大層なモノじゃなくて、フツーの恋愛希望です」

「じゃあ、俺もフツーの恋愛目指そ」

「曽根さんがフツーとか、今更感が……」

「お前、随分言うようになったじゃないか」

「いや、恥ずかしげもなくピュア・ラブとか口にしちゃうヒトに言われたくないですよ」

「おう！　その喧嘩買ったっ！」

「僕は何も売ってませんから」

前方と斜め後ろで言葉でじゃれ合う二人を横目に、文月はぼやく。

「曽根さんはともかく、須藤さんにまで見透かされているって、何で？」

一瞬口を噤んだ二人が、それぞれ呆れたように口にした。

「そりゃあ、アイツに隠す気が全くなかったからだろうな。いや寧ろ、結構露骨に牽制していたというか」

「肝心な本人は、いつもあっさりスルーだったみたいだけどね」

「つまり、首輪はとっくの昔に嵌められていたってわけだ」

「……首輪って」

外堀は本人にそれとわかるように埋める、などと言っていた常盤であるが、実際のところ、その本人が気付けないままかなり念入りに埋められていた——ということを、この日、文月は知ったのであった。

そして、事情聴取と称して、綾乃と原田に連れ出されたのはそのすぐ後である。常盤には、同期の食事会があると伝えて、今日のお迎えは断った。

「まだ事務処理残ってたのに」

「いいから、あんたも早く何食べるか決めて」

ファミレスで向かいの席に陣取った二人は、注文を済ませるやいなや身を乗り出した。

「聞いたよ」

どうやら、常盤の言う『死角』は存在しなかったらしい。

リードだの首輪だの色々言われた後だけに身構えた文月であったが、もたらされたのは想定外のセリフであった。

「常盤さん、秘書課の女をバッサリ切って捨てたって？」

「――っは？」

ナンノハナシ？　文月は目を瞬(またた)かせる。

「あんたのことで、常盤さんに直接捻(ね)じ込んだっていうじゃない」

「――そっちか」

ううむ。どこから漏れたんだろう。考えるまでもなく、それもまた厄介で面倒な噂だ、事実なだけに。

とはいえ、曽根が目撃したと思われる状況が噂になるよりは、まだマシだ。そうなったら、ストッキング如(ご)きではきっと撃退できない。

「そっち？」

原田が片眉を跳ね上げた。

「別口もあるのか？」

「――っへ？」

おっと、うっかり口が滑ったじゃないの。

「なるほど」

綾乃がニンマリ笑いながら頬杖をつく。

「全部吐いて楽になっちゃおうか」

結局夕食を食べ終わる頃には、昨夜あったことをほぼ全て二人に聞き出されていた文月であった。

いやもちろん『死角』の話はしてないけど！

「――ふぅん。じゃあ、常盤さんは無事あんたを捕獲したわけね。秘書課の女が更衣室で騒いだっていうから、女史のときの二の舞かと危ぶんだけど、そういった既成事実があれば大丈夫かな」

「騒いだ？」

「常盤さんみたいな男性に、佐久間文月は相応しくない、ってね」

漏れたも何も、本人が触れ回ったって……

「大丈夫どころか、厄介事のニオイがプンプンするんですけど」

常盤の『難』認定は強ち間違いじゃないような気もする。

「ま、常盤さんとのことも、あんたが言うところの〝神様の大盤振る舞い〟に入るなら、これは当然の〝ツケ〟だわね。粛々(しゅくしゅく)と払うしかないってことよ」

「うぅ、神様あんまりです……」

「神様って、事を起こすことは起こすけど、後始末って人間任せだったりする場合多いしね」

うぉい！　他人事だと思って！　口を尖らせる文月に向かって、原田がにかっと笑う。

「安心しろ。介入する口実を持った騎士様に、怖いものなどない。お前ひとりに、ストッキングで立ち向かわせたりしないだろうさ。女史のときはその口実がなくて、随分(ずいぶん)苛立ってたみたいだから」

「苛立ってた？」

超然とした雰囲気の常盤。文月の目には、いつもそう映っていたのに。

「いざとなれば、噂のひとつやふたつ、派手なデモンストレーションで一掃しそうじゃないか？」

「それって、別の噂に書き換わるだけってパターンじゃないの。勘弁して」

「何を勘弁してだって？」

「――ふおっ」

文月の隣にすっと腰を下ろしたのは常盤であった。

「と、常盤さん!?　何でここに？」

「ああ、俺が連絡を入れておいた」

原田がシレっと口にした。

「ほら昨日の今日で、ちょっとキナ臭い噂を小耳に挟んだものだから」

ね？　と、常盤もにっこりと笑みを浮かべる。

「僕としてはデモンストレーションするに吝かではないよ。ストッキングでいちいち応戦じゃ面倒でしょ。いっそ派手にいってみる？」

薄ら笑みを浮かべて、躊躇なくやってのける様が想像できて恐ろしい。いや、まだ何も起きてないんだけど。

「却下です」

「遠慮しなくていいんだよ？」

「遠慮しているように見えますか？」

「どうだろう。佐久間さんは奥ゆかしいから」

助けを求めて前の席を見れば、二人は「「奥ゆかしい……」」とユニゾンした後、笑いを堪えるように口許を歪めていた。

「遠慮してるのはこの二人の方ですよ、常盤さん。笑えばいいじゃない、もうっ！」

文月の言葉に、テーブルには笑い声が弾けた。

会計を済ませ店を出ると、綾乃が文月に肩をぶつけて、いつかのセリフを囁く。

「面倒くさそうで胡散くさそうで、その上腹に一物あるってわかってて靡いたんだから、覚悟決めときなさいよ」

面倒くさそうで胡散くさそうで、その上腹に一物あっても、いつの間にか好きになっちゃったんだもんっ。

「あんた、何でそこで赤くなるの」

「べ、別に、赤くなんてなってないしっ！」

「やってらんない」

文月の日常は、もしかしたらまた騒々しいものになるのかもしれないが——

「ほら、行くよ、佐久間さん」

こんな風に心配してくれる仲間たちと、騎士がいてくれれば、きっと乗り越えられるはずだ。たぶん。

＊　＊　＊

——クリスマス直前の祝日。

待ち合わせの駅は、もの凄い人出である。

人波に流されながら改札を目指していた文月は、その向こうに、すらりと立つ待ち合わせの人物を認めた。

ネイビーのピーコートに濃緑ベースのタータンチェックのマフラー、グレーのパンツ。ベーシックな装(よそお)いながら、長身で透明感のある整った容貌(ようぼう)と、もの柔らかなのに余所余所(よそよそ)しくもある独特の雰囲気は、遠目にもよく目立つ。

しかしその一種無機質な表情は、人混みの中に文月の姿を捉(とら)えた瞬間、ふわりと緩んだ。

その笑みが、今この瞬間自分だけに向けられているという事実に、心が躍る。

「お待たせしましたっ」

急いで改札を抜けて、常盤の前に立つ。

日頃のビジネスモードとはちょっと違う、アイボリーのフェミニンなコート。中にはそう、『何と言ってもデートですから！』なベージュの愛されワンピ——ショップ店員談——着用なのだ。

「行こうか」

差し出された手に、自分の手を重ねることに、もう迷いはなかった。

ゆっくりと歩き出した常盤が、くっとその手に力を込めて、文月に微笑みかける。

「今日の文月ちゃんは、クリスマスのジンジャークッキーみたいだね」

何とも微妙な表現に、文月は口許(くちもと)をピクリと引き攣(つ)らせる。デートとはいえ、常盤は本日も通常運転のようだ。

「ええと、あの人形だったり天使だったりするクッキーですか？」

「そう。ほら、可愛くデコレーションされてとっても甘そうだけど、ひと口齧(かじ)ればスパイスが効いている」

甘そうに見えたことを喜べばいいのか、見た目通りじゃなくてスパイスが効いていると言われたことを憤慨すればいいのか悩む文月であったが、常盤はマイペースに言葉を重ねる。

「癖になる味だよね」

ううむ。相変わらずよくわからない男性だ。

「それで？」

そう促されて、文月は我に返った。今日の事案に関しては、文月の方が通じているのだ。

「まずは向こうに行って、お弁当を買いましょう。持ち込んで、幕間に座席でお食事できるんです」

「ふぅん」

「……あのっ」

くいと手を引いて、文月は常盤を見上げる。ジンジャークッキーなんかより、もっと気にしなきゃいけないことがあった。

「クリスマスデートにこんなのにお誘いして、呆れましたか？」

常盤は目を瞬かせた。

「どうして？　まあ、予想のナナメ上を行かれた感じはしたけど、忠臣蔵も時期的には間違ってないでしょ」

文月は眉をへにょりと下げる。

「ここはやっぱり、世の趨勢に倣って、どこぞのテーマパークが適当だったのではないかと、出掛けに弟に呆れられました。クリスマス時期の、それも初めてのデートに、歌舞伎で仇討物ってどうなんだよって。言われてみればその通りのような気がして」

「何だ、そんなこと？　そもそも、僕が強引に予定を捻じ込んだのが最初でしょ？　それに、クリスマスだから何かしたかったわけじゃなくて、たまたまクリスマスだったというだけだから」

常盤はクスリと笑う。

「僕はやりたくないことはやらないって言ったでしょう？　行きたくないところにも行かないよ。相手を不快にさせずに、それと気付かせぬまま自分の意を通すことぐらい容易(たやす)くできますよ。一応、企画の第一線でやってるからね」

「……そう、なんですか？」

「そうなんですよ。本当に僕が気が進まないって思っていたら、今日の目的地は別のところになっていたよ。文月ちゃんが、そうやって誘導されたってことに気付くまでもなくね」

「黒っ」

思わず漏れたひと言に、常盤は首を傾けた。

「うん。先刻承知の上でしょう？」

「うぅ、確かに」

「でも、文月ちゃんにどうしてもって言われたら、どこぞのテーマパークで、長時間の行列もやむなしの覚悟でいたけど。それくらい、僕はキミのことを想っているというわけですよ」

文月は目を見開き、次いで、ぽん、と赤くなる。

「……そういうの、反則ですっ」

慌てて視線を逸らし、目的地に向かって常盤の手を引く。斜め後ろから常盤のふっふという笑い声が聞こえた。

「僕は初めてだけど、文月ちゃんは常連なの？」

劇場に到着すると、勝手知ったるというように文月が先導する。

「常連というほどではありませんが、それなりに。といっても、時間はあってもお金はない学生でしたから、三階の席の安いところでしたけど。あとは一幕だけ観る、とか」

「ふぅん。そんなこともできるの」

「大体、三幕くらいになっているんですけど、殺陣（たて）あり、色事あり、踊りありで、楽しめます。夏には怪談が演目になることもあるんですよ」

結構な混雑の中を、ちゃっちゃっと弁当を買い込み、文月は座席に向かう。

「何だか、この場に足を踏み入れただけで、ちょっと異空間というか、非現実的な気分になりません？」

「そうだね」

物珍しそうに周囲を見回しながら、常盤が頷く。

「性別は逆ですが、同性のみで演じられるものにヅカがありますよね。そちらは未経験なんですが、そっちもこんな気分になるんでしょうか」

「……ヅカまでは付き合いきれないよ、さすがに僕でもね」

「ですよね。でも、あそこには、理想の殿方がいるという話なんです」

「は？」

「いえ、女性が理想とする男性像というのが、ヅカにはリアルに存在するらしいです」

文月の友人のひとりは、ヅカフリークで、こう豪語していた。

『ヅカにはね、文月。生身のオトコなんか足元にも及ばない、美麗かつ勇敢かつ高潔なオトコが存在するの！　そんなオトコが惚れた女のためにするあれやらこれやらときたらっ！』

ぐらり、と心が揺れたことは否定しない。とはいえ。

「興味がありつつ、私が足を踏み入れることができずにいたのは、一旦足を踏み入れたら、その世界から抜け出せなくなるんじゃないかと……」

そのとき、隣の席から手が伸びてきて、文月の顎をさらってそちらを向かせた。

常盤がにっこりと笑いながら、文月に顔を寄せる。

「文月ちゃんの理想の男性像というのを、是非聞いてみたいものだね」

ち、近いんですけど。

「そ、それはですね」

目を何度か瞬かせると、文月は口ごもって赤くなった。

「……ハンカチ、みたいな人です」

あう。何を言ってるんだ、私。そして何を言わせるんだ、司さん。

＊＊＊

――やられた。

例えば優しいとか。

例えば明るいとか。

一般的に言われるわかりやすい例を挙げてくるかと思いきや、こんな風に無邪気に、二人だけに通じるようなセリフを口にするとは。

今度は、司が赤くなった。

いやいやいや、自分はそんなに感情の振幅が激しいタイプではなかったはずなのだが。

からかうはずが直球で返されて、柄にもなく動揺する。

「――司さん！　始まりますよ！」

ところが。

彼女はこちらの動揺に全く気付くことなく、チョンチョンチョンという柝(き)の音に誘われて、期待に満ちた顔を舞台に向けた。

――手強(てごわ)い。

＊　＊　＊

芝居がはねたのは、日暮れ間近であった。

劇場の外に出ると、クリスマスのイルミネーションが、そこここに煌(きら)めいている。クリスマス仕様にディスプレーされたショーウィンドーを眺めながら、二人はそぞろ歩いた。

「非現実から戻って来たはずなのに、ここもちょっと非現実的な雰囲気ですよね」

　文月はそう言って笑う。

「どうでした？　仮名手本忠臣蔵（かなでほんちゅうしんぐら）」

「予想以上に面白かった」

「よかった！　そう言っていただけると、お誘いした甲斐（かい）があります。顔世御前（かおよごぜん）が綺麗でしたねぇ。男の人が演じているのに色っぽいって、やっぱりヅカとの共通点ってありますよね」

「そうかもね。でも、そっちにはくれぐれも踏み込まないように。帰ってこられなくなると困る」

　そう常盤に茶化されて、うふふ、と笑いながら繋いだ手をぶんと振る。

「大丈夫です。理想のハンカチがこんなに近くにあるんですから」

　文月は、何もかも完璧なヒーローを望んでいるわけではない。そんな完璧なヒーローの隣は荷が重い。文月が求めているのは――

「何で理想が〝ハンカチ〟なの？」

　そう問う常盤に、文月は言葉を選びながら答える。

「嬉しいときも、悲しいときも、いつも側にいてくれて、涙をそっと拭ってくれるから、ですかね？　あ、あと、一生懸命頑張っているときに流した汗も、拭ってくれる、という！」

　そう、常盤のように。

「司さんは、私が頑張らなくちゃいけないときには、私が頑張れるように見ていてくれました。必要なときは、背中を押してくれて。ちゃんと見ていてくれる人がいる、とわかっていたから、随分（ずいぶん）

踏ん張れました。でも――」

文月は少し首を傾け、ベージュのブーツのつま先を見つめた。

「どうして、私を選んでくれたのか、やっぱり今でも不思議です。司さんの周りには、なるほど納得のセレクションのような方たちが、いっぱいいますから」

そう付け加えて、えへ、と肩を竦めた。

「その疑義申し立て、受けて立つよ」

「はい？」

文月は視線を常盤に向ける。

「僕の、文月ちゃんに対する気持ちに疑義ありってことでしょ？」

「いや、そういうわけでは……」

「この際、そんな疑いがチラとも浮かばないよう、きっちりと腹を割ってお話しさせていただきますよ。食事をしながらでもね」

常盤はにっこりと笑みを浮かべ、予約してあったイタリアンレストランへと文月を連行した。

裏通りにあるその店は、料理人もウェイターも客もがやがやと賑やかで、イタリアの大衆食堂といった雰囲気であった。畏まりすぎず砕けすぎない店の選択は、常盤の心遣いなのだろう。初めての『デート』で緊張気味だった文月も肩の力が抜けて、ぐるりと周囲を見回す余裕ができた。

「本物の石窯があるんですね」

「うん。ピザもおすすめだよ。いくつかコースもあるけど」

「お昼に結構ボリュームのあるお弁当をいただいちゃったので、軽めに食べたいです」

「了解」

クリスマスディナーというには些かカジュアルな料理を囲みながら、二人は今日観た歌舞伎の話題で盛り上がった。

「あの掛け声。〝何とか屋！〟とか、〝待ってました！〟とか叫んでいたでしょう？」

「ああ、大向こうですか？」

「あれは、誰にでもできるものなの？」

「誰にでもできるらしいですけど、そういう愛好会のようなものもあるらしいです。ちゃんと勉強しないとタイミングとか難しいみたいですし、お芝居の邪魔をしちゃったら本末転倒ですものね」

「なるほどねー。見えを切った後に、掛け声が入って拍子木と拍手が鳴って、あの一体感は生ならではの醍醐味だね」

そして別腹と称し、ティラミスやジェラート、フルーツなどを盛り合わせたデザートを、文月が満足気に完食するのを見計らって、常盤は「それで」と切り出した。

「さっきの疑義に対する抗弁なんだけど」

「――あれ」

「もちろん、忘れてないよ。僕は、後々に禍根を残すような不手際はしません」

「ですよね」

文月は、引き攣った笑みを浮かべる。

そこに、エスプレッソコーヒーが運ばれてきた。砂糖をたっぷり入れ、文月はスプーンでゆっくりとかき回す。常盤はそのままひと口味わうと、徐に尋ねてきた。

「文月ちゃんは、スイーツで何が好き？」

「ええっと、この流れで何でその質問なんでしょう？」

「大事なことなんです」

テーブルに肘を突いて手を組み、常盤が身を乗り出す。

文月は暫く首を傾げて悩むと、そうですねぇ、と答えた。

「……チョコレート、ですかね？　強いて言えば」

「じゃあ、チョコレートはいつから好きだったの？」

間髪を容れずに、常盤が質問を重ねる。何でですか？　と文月は視線で問いかけた。

「これも、大事なことなんです」

「……いつの間にか、ですよ」

大事なこと、と言われても、そうとしか答えようがない。

「どうして好きなの？」

それでもまだ問いは続く。

「……どうしてと言われても。甘いから、かな？」

「甘いだけなら、他にもたくさんあるのに、何でチョコレートなんだろう」

それは、チョコレートがチョコレートだからですってば。

「理由なんてわからないですけど、チョコレートなんですっ」

常盤はニンマリ笑って、組んだ手に顎を乗せた。

「僕にとって文月ちゃんは、文月ちゃんにとってのチョコレートと同じだよ」

「――へ？」

「いつの間にか好きになっていて、理由なんて自分でもよくわからない。だけど、文月ちゃんなんだ。他の誰かじゃなくて」

文月はぽかんと口を開けて――それから真っ赤になって俯いた。

常盤はいつだって、言葉を、気持ちを、偽らない。そんなこと、ちゃんとわかっていたのに。

鼓動が、コントロールを失ったかのように加速していく。

どうしよう。何か言わなくちゃ。文月の気持ちをきちんと伝えないと。

好きなんです、いつの間にか、本当に。だけど、好きになれば好きになるだけ不安で。時々、どうしようもない言い方で、確認せずにはいられないんです、司さんの気持ちを。

そのとき、文月の方に、そっと細長い箱が差し出された。

「こんなもので縛っておきたいと思うくらいに、僕は本気だよ。開けてみて」

文月は、ゆっくりとリボンを解き、包装紙を開け、中身を取り出す。

箱の中には――

「――だから、誕生花は百合だって、言ったじゃ、ないですか」

向日葵がモチーフのゴールドの華奢なネックレスを、指先で掬い上げる。

「でも、僕の中の文月ちゃんのイメージは向日葵なんだよ。文月ちゃんには、いつも向日葵みたいに笑っていてほしいし、僕はそれを一番近くで見守っていたい」

堪え切れずに、ぽろり、と零れる涙を指先で払いのけながら、文月は、ふふ、と笑った。

「ありがとうございます。大事にします。私、司さんの前では、泣いてばかりですね」

「その涙を拭うのは、ハンカチたる僕の役目なんでしょ？」

「……気障ですってば」

すん、とはなを啜って文月は呟いた。

「疑義の申し立てをしていたのは、私が私に対してです。司さんの隣にいるのは私でいいのか、自信を持てなくて」

「チョコレートなんだから、しょうがない」

常盤はそう言って、目を瞬かせた文月に笑って見せる。

「中毒性があるんだよ」

「……有害物質扱いはひどいです」

そう口を尖らせながら、文月も常盤にプレゼントを差し出す。

「私だって、縛っておきたいです」

中身を取り出して、目の前に掲げた常盤はくすくすと笑い出した。

爽やかなサックスブルーにシルバーグレーの、ストライプのネクタイ。ブレードの片隅には、トイプードルが一匹、控えめに尻尾を振っている。

「――参ったな。僕は、とっくに縛られてるんだけど」

エピローグ

店の扉を開けると、ふわり、ふわり、と雪が舞っていた。

「司さん、雪です！」

歩道に歩み出て、手を差し伸べる。掌（てのひら）に舞い落ちたそれは、瞬（また）く間に小さな滴（しずく）になった。

「文月ちゃんの手は、温かいから」

「私、外見もなんですけど、体温もお子様並に高めなんですよね」

「ああ、確かに。凄く眠気を誘われる温かさだったかな」

「……っ」

不意に身体に巻き付いていた腕の重みを思い出して、文月は赤面した。

ところが隣に並んだ常盤は、そんな文月の動揺を全くもって意に介さず、相変わらずマイペースだ。

「こんなところにも雪が」

文月の睫毛（まつげ）に留まった雪を、指先でそっと払う。

思わず目を伏せると、次の瞬間、唇に柔らかくて少しひんやりしたものが重なった。

「ここも、温かい」

甘やかな声に目を開くと、優しい眼差し（まなざし）が文月を見下ろしている。


かつて、その視線を苦手とした男性。

今にして思えば、あれはいつだって文月に寄り添うものだったのに。

立ち止まれば背中を押してくれて。

泣きたいときに胸を貸してくれて。

真っ直ぐ前を向く勇気を与えてくれた。


「ど、どこで、何の温度測ってるんですか」

文月はくっくと笑う常盤の手に、手を滑り込ませる。

「え？　僕の唇が、文月ちゃんの……」

繋がれた手は、常盤のポケットに自然に誘い込まれた。


ロマンスはもう、始まっている——

困ってます？

髪をくしゃりと撫でられることに。

指を絡めて手を繋ぐことに。

そっと抱き寄せられることに。

そういったことに、次第に慣れて――

唇から離れてゆく柔らかな温もりを追うように、文月はゆっくりと目を開いた。

青白い月を背負った常盤は、少し困ったような表情を浮かべて文月を見下ろしていた。しかしそれは、忽ち穏やかな笑みに取って代わる。

沈丁花の香りをどこからか運んできた風が、文月の髪をふわりと乱した。

「じゃあ、お休み」

頬にかかったそれを指先で優しく払うと、常盤は車に乗り込む。

「お休みなさい」

テールランプが見えなくなるまで見送って、文月は小さくため息を吐いた。

最近ふとした瞬間に目にする、あの表情。それは瞬く間に微笑みに上書きされるのだけれど――

自分の何が、常盤にあんな表情をさせてしまうのか、文月はわからないままでいる。あの穏やかな笑みに阻(はば)まれて、それを問うことができない。

＊　＊　＊

「それで？　何があったのよ」

例によって、月曜の社員食堂である。

綾乃はそう言って文月のランチプレートに視線を向けた。うわの空で箸(はし)を動かしていた文月は、綾乃の視線を追って、自分の豆腐ハンバーグが既にそぼろと化していることに初めて気付いた。

「おっと」

「ご飯にも箸をつけてないし、心ここにあらずだし、あんたってわかりやすすぎ」

「別に、まだ何にもないもん」

文月は慌てて、元豆腐ハンバーグを口に運ぶ。

ふぅーん、と思わせぶりに頷くと、綾乃が言った。

「まだ、なんだ」

「……」

「翔が、いまだにあんたに成績が追いつかないってヘコんでるくらいだから、仕事絡みでどうこうってわけじゃないんでしょ？」

「まぁね」

「じゃあ、常盤さんと何かあった？」

はふ、とため息を吐(つ)いた文月は、今度は元豆腐ハンバーグを箸(はし)で弄(もてあそ)び始める。

「……常盤さんがね。最近私のことを、少し困ったような表情(かお)で見るんだよ」

「どうせ何か困らせるようなことを、あんたがしてるんでしょうよ」

綾乃が、ふんと鼻を鳴らしながら、漬物をぱりっと齧(かじ)った。

「そんなことないもんっ」

ホントに？　というように綾乃の片眉が跳ね上がる。

「……たぶん」

「ふぅん」

「それに、私が言ったことやしたことに、そういう表情をするんじゃないんだよ。気付くとそんな風に見られているっていうか。でもって、私が気付いたことに気付くと表情を取り繕(つくろ)うの」

文月は箸を置き、テーブルに身を乗り出した。

「もしかしたら、何か切り出したくて、切り出せなくて、あんな表情をするのかな」

「切り出すって、何を」

「……それは、もうお終(しま)いにしよう、とか？」

文月は自分で口にして、自分で傷付いた。うぅ、最悪だ。

ところが、綾乃は箸を置き、そんな文月の額(ひたい)をぺち、と打った。

「あんたね。寝言は寝て言いなさいよ。仮にも常盤さんだよ？　切り出すも切り出さないも、そうと決めたら、あのほんわかした笑顔のままできっぱりと終わらせるでしょうよ。そんな風にあんたを悩ませるまでもなく」

やりたくないことはやらない、と言い切った常盤の笑みを思い浮かべて、文月はそうかもしれないけどさ、と口を尖らせた。

「……で、誰に何を言われたのよ」

「え？」

「だって、この間まで〝バレンタインにテーマパーク行ってきたんだー〟ってふわんふわんの空気まき散らしていたじゃない」

文月は、ぬ、と眉を寄せた。

「睦月が——」

バレンタインの週末、大混雑のテーマパークで長蛇の列に並びながらも、常盤と一日デートを楽しんだ文月は、ご機嫌で家の玄関を開けた。

すると、ちょうど風呂上がりの睦月が、タオルで髪を拭きながら顔を覗かせたのだった。

「あれ？」

「ただいま。お土産（みやげ）あるよ。お母さんたちは？」

「もう寝た。お姉（ねえ）、今日デートだったんだろう？　バレンタインの」

「そうだよ」

そして、リビングに向かう文月の後をついて来て、お土産をテーブルに並べる文月の隣に立った。

「あのさ。お姉と彼氏って、付き合ってどれくらい？」

「二か月くらい、かな」

「相手って社会人なんだよね？」

「うん。同じ会社の人だよ」

「何で、今日帰ってきたの？」

「――は？」

「だって、付き合って二か月、初めてのバレンタイン、お互いに社会人なんだろ？」

「うん」

「普通、お泊まりコースだろう」

文月は睦月に向き直り、その鼻先に指を突きつけた。

「下半身の衝動に振り回される大学生と一緒にするな」

「いや、大学生だろうが社会人だろうが、下半身の衝動に振り回されるのが男のサガってもんじゃない？」

睦月はそう嘯いて、突き出された指先をひょいと避けると、文月の顔を覗き込んだ。

「あんまりのほほんと構えてると、捨てられちゃうかもよ」

「――と抜かしたのよ。そのときは、お前と常盤さんを一緒にするなっ！　と思ったんだけど」

「思ったんだけど？」

「会社でも、休憩室やトイレで色々当てこすりを言われ続けていたところに、常盤さんのあんな表情を目にしちゃうと、睦月の言うことも尤もなように思えてきて」

文月は眉をへにょりと下げた。

――文月ちゃんには、いつも向日葵みたいに笑っていてほしいし、僕はそれを一番近くで見守っていたい――

常盤はそう言ってくれたけれど、それだけじゃ、ダメなんじゃないのかな。

「馬鹿馬鹿しい」

綾乃が心底呆れたというように言った。

「常盤さんがそうしようと思ったら、そういう風になってるって。考えてもみなよ。例の事件のときだって、常識的に、私のところにあんたを連れてくるのが普通でしょうよ。それをだな、自分の部屋にちゃっかり連れ込んだんだよ、あの人は。そういう人なの。わかってる？」

ぐいと顔を突きつけられて、文月は仰け反った。

「う……うん」

「逆に私は、あんたがよくわかってないうちにそういう状況に持ち込まれるんじゃないかと、そっちの方が心配」

「常盤さんは、そんなことはしないと思う」

身体を起こした綾乃は、そう言い切った文月を見つめながら、ひょいと肩を竦めた。

「あんたがそう言うなら、そうなんでしょう。ま、そんな風に純粋に信頼を寄せられちゃっているからこそ、常盤さんは〝困って〟いるんじゃないかと思うけど」

それから、「〝困って〟いるけど、それが嫌じゃないんだな、きっと。焦れてる自分を楽しんでるのかな。うっわ、こわっ」とひとりごつ。

「常盤さんをMみたく言うなっ！」

どっちかって言えばSだもんっ、と憤慨する文月は、この子はホント全くわかってない、とでもいうような表情の綾乃に口を尖らせてみせた。


『そうしようと思ったら、そういう風になってる』

でも、そうしないで待ってくれている、のかな。文月のペースに合わせて。綾乃と別れて営業フロアへ向かいながら、文月は物思いに耽る。何も聞かれていないけれど、健斗との経緯を聞いて恐らく常盤は察しているはずだ。文月の恋愛スキルはほとんどないに等しい、ということを。

「——佐久間さん」

そのとき、文月は聞き慣れない、けれども、どこか聞き覚えのある声に呼び止められた。振り返ると、髪をハーフアップにし、白いスーツを着た見覚えのない人物が腕を組んで立っている。

——面倒なニオイがするんですけど。

「話があるの。ちょっといい？」

そして、その人物は文月の返事を待つことなく、ぐいと手近な会議室に引っ張り込んだ。

「あの、午後いちで会議があるんですけど」

「すぐに済むわ」

「ええと、どちら様でしょう？」

「秘書課の藤田真理よ」

出口を塞ぐ形でドアの前に立った藤田は、綺麗に整えた眉をすっと跳ね上げた。

秘書課、そしてこの声——もしかしなくても『佐久間さんは常盤さんに相応しくありません』のヒトだ。とうとう文月に直接捻じ込みにきたらしい。

「あなた、常盤さんには相応しくないわ。身を引きなさいよ」

『相応しくない』——よく言われる言葉だけれど、文月はそう言う人たちに一度直接聞いてみたいと思っていたことがある。

「相応しくないって、じゃあ、誰なら相応しいんですか？」

「あなたより相応しい人はたくさんいるわ」

「例えば、藤田さんご自身とか？」

「そうよ」

「それは、何故ですか？」

何故と問われて、藤田はムッとした。

「私は秘書よ」

「私は営業ですけど、秘書より劣るんでしょうか」

　文月のややもすれば幼い容貌は、ときとして相手に侮られる弱みになるのだが、逆に強みにもなる。舐めてかかってきたら、回転のいい頭脳と舌の餌食にしてやるのだ。

　藤田は、ちょっと強く出れば怯むだろうぐらいに思っていたのかもしれない。でもまあ、それはリサーチ不足というものだ。何といっても文月は、あの野崎を相手に一歩も譲らず戦っていたのだから。どんな噂を鵜呑みにしているのか知らないが、少なくとも文月は、誰かの陰に隠れて、誰かに代わりに戦ってもらうようなことはしない。

「それに、父は桜井の取引銀行の副頭取なの。ここに就職するときにも、口をきいてもらったわ」

「一般の試験を通る自信がなかった、ということですか？」

　親の力を借りないと就職もできないってことじゃない、と文月は思う。

「んまぁっ、失礼ねっ！　そんな一般人と同じ試験を受ける必要もなかったということよ」

「それではその実力で、どなたの秘書につかれているんでしょう？」

　藤田は、ぐっと詰まった。

　午後の勤務が始まろうというこんな時間に、こんなところで油を売っているということは、つまりそういうことだ。

　実は、桜井では秘書にも色々ランクがあるのだ。本当に能力のある者は、役員の個人秘書につく。そして、実力はなくとも縁故で見栄えのする職種を与えざるを得ない場合は、秘書課付きの庶務的役割を果たす秘書となる。文月も約一年本社に勤めて、その辺の事情は既に心得ているのだ。

「と、ともかく、常盤さんのような洗練された人の横に、あなたみたいに子供っぽい人は、釣り合わないのよっ」

「子供っぽい？　確かに私は童顔で背も低いですけど――」

　文月はふんっと胸を張った。

「ちゃんと出るところは出てますし、引っ込むところは引っ込んでます。幼児体型ってわけじゃありませんから。そういう縮尺や見た目の問題じゃなくて、そんなことをわざわざ私に言いにくる藤田さんの行動の方がよっぽど子供っぽいです」

「何ですってっ！」

　文月を威圧するように、藤田が一歩踏み出した。

「私が身を引いたら、常盤さんは藤田さんを選ぶんですか？　そんなに自信があるのならば、自分こそが常盤さんに相応(ふさわ)しいと思うならば、常盤さんにそう言えばいいんですよ。佐久間は相応しくない、じゃなくて。藤田さんを選んでくれって、藤田さんこそ相応しいはずだって。どうして本人に直接そう言わないんですか」

　藤田が、怒りからか、あるいは予想外の論駁(ろんばく)を受けたからか、顔を引き攣(つ)らせている。

「私は誰にどう見えようと気にしませんよ。常盤さんが私を選んだからじゃないです。私だって、常盤さんを選んだからです。私たち以外の誰かがその選択を否定するなんて、筋違いです」

　言いたいことを言い切ると、文月は手元の時計に視線を落とした。

「時間がないので、失礼します」

何か反論できるものなら反論してみやがれ、手を出すっていうなら出してみやがれ、な勢いで、文月は藤田の前に立つ。

「いい気になるんじゃないわよ。そんな自信たっぷりだけど、あなたなんかすぐに飽きられるんだから」

さっきまでウジウジと自分が悩んでいたことではあるが、第三者の口を通して聞くと、何とも馬鹿馬鹿しく響いた。

「いい気になんかなってません。自信だってないです。だけど、常盤さんが選んでくれた私だから、それに相応(ふさわ)しくありたいって頑張ってるんですよっ」

人の気持ちなんて、どうなるかわからない。それは、常盤だけでなく、文月だって同じだ。だったら、どうなるかわからない先を怖がるのではなくて、精一杯、今の気持ちを大事にすればいいだけだ。

文月の強い視線を受けて、藤田は些(いささ)か怯(ひる)んだように脇に避けた。その横を文月は無言で通り過ぎ、ドアを開け――ドアの横の壁に寄り掛かって立つ常盤とバッチリ目が合った。

「――げ」

そんな文月の手をくいと引くと、常盤は足早に歩き始める。

「随分(ずいぶん)威勢がよかったね」

「い、いつから聞いていたんですか？」

「文月ちゃんが、会議室に引っ張り込まれたの目撃しちゃって。助けが必要かなって、ね」

何か、とてつもなく恥ずかしいことを口走った気がするっ、と赤面する文月の耳元に、常盤は笑いを含んだ声で言った。

「出るところは出て、引っ込むところは引っ込んでるんだって？」

そこかっ！　そこなのかっ？

「なっ、なっ、何をっ！　そういうのは、聞こえていても聞こえなかったふりをするのが武士の情けってもんじゃないですかっ」

「やだな、僕は武士じゃないし」

「騎士だって武士みたいなもんじゃないですかっ」

常盤は、くく、と笑う。

「僕はね。ほら、自分の思った通りにことを運びがちでしょ？　だから、こんな形ででも、文月ちゃんの気持ちを確認できると安心する。情けないけど」

見上げると、隣を歩く人は少し困ったような表情をしている——

「——あの。私は司さんを困らせているんでしょうか？」

それはここ最近ずっと、聞きたくて聞けなかった言葉。

え？　というように常盤が目を見開き足を止める。それから、ゆっくりと口角を上げ、ずいと文月に顔を寄せた。

「うん。困らされてる。こんな風に僕を困らせるのは文月ちゃんだけだ」

それから、ぽんぽんと頭を叩いて、笑みを深める。

「でも、こうやって困っている自分も嫌いじゃない」

じゃあね、と立ち去る常盤の後ろ姿を見送りながら、文月は、へへ、と笑った。

常盤にあんな表情をさせることができるのが文月だけだというのならば、たとえそれが困った顔だってそんなに悪いもんじゃないのかも。

——あれ？　何か違う？

「おい、プー！　何やってるんだ、会議始まるぞっ」

曽根の声に、やばっと文月は飛び上がった。

「今行きますっ！　それから、プーじゃないですからっ！」

営業フロアに向かって急ぐ文月の足取りに合わせて、頭の天辺（てっぺん）で髪がふわりと跳ねる。

——そうだ。

先のことなんてわからない、だから。

仕事も、恋も、私は私らしく、今を精一杯貫こう。

＊＊＊

「プー、迎えだぞ」

その日の終業時刻を過ぎた頃、曽根がフロアの入り口辺りを顎（あご）で差した。

だから、プーじゃないですって、と頬を膨らませながら視線を向けると、帰宅準備を済ませた常盤が迷いなくこちらに向かって歩いてくる。

今日は約束してないんだけどな。

首を傾げる文月を前にして、曽根が常盤に向かって眉を顰めた。

「お前、縄張りの主張もいい加減にしとけよ」

常盤は、にこりと笑って曽根を見る。

「やだな、曽根さん。今日は、昼休みに佐久間さんがヘンなのに絡まれていたんで、念のための護衛ですよ」

というわけで、文月は護衛付きで帰宅することになった。

「あの司さん、ああいうわかりやすいのは、怖くないです。ちゃんと、自分で対処できますから」

エレベーターを降り、常盤と並んでエントランスに足を踏み入れながら文月は口にする。

「一対一ならね」

常盤がすっとエントランスの隅に鋭く視線を向けた。そこには藤田を含む数人の女たちがいて、文月たちに気付いて何やら顔を見合わせている。

「皆が皆、文月ちゃんみたいにフェアであるとは限らないんだよ。ひとりで敵わないなら数で押してくることだってある。数が増えれば、加減が利かなくなりがちでしょ」

「そうかもしれませんけど」

「――ちょっとしたデモンストレーション」

文月の手を取りぐいと引き寄せ、常盤が甘やかに微笑む。まるで、藤田たちにはっきりと見せつけるかのように。

「げ」

「それで、案外簡単に方が付くこともある」

折角だし夕飯を食べていこうと、常盤は文月をこぢんまりした小料理屋に連れて行った。白木のカウンターの上には惣菜が盛られた大鉢が所狭しと並んでいる。

「こういったお店、初めてです」

文月は目を輝かせた。

「料理も酒も美味しいって、常務のお墨付きだよ」

確かに、ささみときゅうりを胡麻だれで和えたお通しからして美味であった。女将おすすめの日本酒と、料理をいくつも並べ、文月は舌鼓を打つ。

「うう、幸せ」

「本当に、文月ちゃんは美味しそうに食べるよね」

「はい。だって美味しいですもん」

「一緒に食べていて、僕も幸せな気分になるよ」

常盤はくっくと笑った。

デザートの苺のシャーベットを口に運んでいると、常盤が文月の顔を覗き込む。

「文月ちゃん、苺は好き？」

「果物で何が好きと聞かれたら、苺がマイベストです！」

「じゃあ、来週、一緒に苺狩りに行こうか？」

ホワイトデーの週末には、どこかに出掛けようという話になっていた。

「行きたいです！」

「じゃあ、ドライブがてら」

「どこまで行くんですか？」

「ん？　そうだな、伊豆あたりまで足を延ばそうか」

「伊豆ですか？　小さい頃、海水浴に家族で行って以来です。砂浜が白くてとても綺麗でした」

「夏は、海水浴に行ってみる？」

「う。それはちょっと、いきなりハードルが高いかも」

文月がぼそっと呟くと、常盤が追い打ちをかけた。

「出るところは出て、引っ込む……」

「それ、もう忘れていいですからっ！」

文月は真っ赤になって常盤を遮る。笑いながら常盤は話題を元に戻した。

「そういえば、早咲きの桜も見られるよ。名所があるんだ」

「そうなんですか？」

「うん。寒桜って種類。次の日にでも、見に行く？」

「いいですね！」

「そうでしょ」

「あれ？」

『次の日』ですと？

「温泉もあるよ。楽しみだね」

文月は目を瞬（またた）かせた。週末の『お出かけ』が、いつの間に『お泊まり旅行』に？

「……ええと」

常盤が笑みを深めて、文月の答えを待っている。

――それと気付かせぬまま自分の意を通すことぐらい容易（たやす）くできる。

そんな風に言ってはいたけれど。

文月はぼしゅっと赤くなった。

「はい、楽しみ、です」

Comic By
Kotori Yuno
Original Work By
Haruno Shimizu
通りすがりの王子
普通のOLを目指すお嬢様と
実は御曹司な俺様男の
秘密のラブストーリーが
待望のコミカライズ！
漫画：由乃ことり
原作：清水春乃
千速 週末
出かけるぞ
お前じゃなきゃ
だめなんだ
ドキ
コミックスは2016年3月刊行予定！
ETERNITY WEBMANGA
エタニティWEB漫画！
無料で
読み放題！
他にも人気漫画が多数連載中!!
今すぐアクセス！
エタニティ Web漫画
検索

清水春乃（しみずはるの）
神奈川県出身。「通りすがりの王子」で第６回アルファポリス恋愛小説大賞・読者賞受賞。自分にはないものを求めるゆえか、ＡＢ型にいつも憧れるＯ型。

イラスト：gamu

本書は、「小説家になろう」（http://syosetu.com/）に掲載されていたものを、改稿のうえ書籍化したものです。

ロマンスがお待（ま）ちかね

清水春乃（しみずはるの）

2015年 12月 25日初版発行

編集－城間順子・羽藤瞳
編集長－塙綾子
発行者－梶本雄介
発行所－株式会社アルファポリス
〒150-6005 東京都渋谷区恵比寿4-20-3 恵比寿ｶﾞｰﾃﾞﾝﾌﾟﾚｲｽﾀﾜｰ5F
TEL 03-6277-1601（営業） 03-6277-1602（編集）
URL http://www.alphapolis.co.jp/
発売元－株式会社星雲社
〒112-0012東京都文京区大塚3-21-10
TEL 03-3947-1021
装丁イラスト－gamu
装丁デザイン－ansyyqdesign
印刷－中央精版印刷株式会社

価格はカバーに表示されてあります。
落丁乱丁の場合はアルファポリスまでご連絡ください。
送料は小社負担でお取り替えします。

ISBN978-4-434-21436-3 C0093